# Wie die erwachsenen Engel Weihnachten abschaffen wollten

**In Erinnerung an meine Mama**

**Rosel Schwaigert**

**Wir vermissen dich.**

Axel Schwaigert

# Wie die erwachsenen Engel Weihnachten abschaffen wollten

## Weihnachtsgeschichten für Kinder und Erwachsene

Bibliografische Information der Deutschen Nationalbibliothek:
Die Deutsche Nationalbibliothek verzeichnet diese Publikation in der Deutschen Nationalbibliografie; detaillierte bibliografische Daten sind im Internet über http://dnb.dnb.de abrufbar.

© 2016 Axel Schwaigert

Illustration: Isabell Hemming

Herstellung und Verlag: BoD – Books on Demand, Norderstedt

ISBN: 9783741280702

## Herzlicher Dank

An dieser Stelle will ich mich ganz herzlich bei allen bedanken, die geholfen haben, dass dieses kleine Buch vom Traum zur Realität geworden ist:

Vielen Dank an meine Familie für die viele Unterstützung über die Jahre hinweg. Ein ganz besonderer Dank geht an meinen Bruder Lutz, der immer wieder nachgefragt und genörgelt hat: „Wie weit bist du eigentlich mit deinem Buchprojekt?" Ohne Dich wäre das Buch wahrscheinlich immer noch nur ein Traum.

Vielen Dank an Isabell, für Deine wunderbaren Zeichnungen und für Deine Kreativität.

Vielen Dank an meine KollegInnen und FreundInnen Alexander, Ulrika und Nadja für die Korrekturen. Ich hätte mich ganz schön blamiert, ohne Euch! (und was jetzt noch drin ist an Tipp- und sonstigen Fehlern geht ganz auf meine Kappe!)

Vielen Dank an meine Lehrer und Lehrerinnen an Episcopal Divinity School die mich ermutigt haben, meine Gedanken in Geschichten auszudrücken. Und ganz besonderen Dank an Pfarrer Albrecht Köstlin-Büürma und Harmine Büürma. Ohne Euch hätte ich nicht angefangen zu erzählen!

Und Danke an meine Gemeinde, Salz der Erde MCC Gemeinde Stuttgart, dass ich Euch diese Geschichten an Weihnachten erzählen durfte.

# Erzähler vom Wunder des Glaubens

Eigentlich findet der Gottesdienst der MCC-Gemeinde in Stuttgart, die sich Salz der Erde nennt und in der Dr. Axel Schwaigert predigt, jede Woche am Samstagabend statt.

Dass Ostern nun ausgerechnet und penetrant regelmäßig an einem Freitag, einem Sonntag und einem Montag gefeiert wird – wurscht, die Stuttgarter MCC feiert Ostern am Samstagabend. Pfingsten: dasselbe Spiel. Gottesdienst am Samstagabend. Pünktlich um halb sieben.

Und mit dem Heiligen Abend verfuhr diese selbstbewusste Gemeinde genauso: Egal, ob dieser nun an einem Dienstag, Freitag oder Sonntag stattfand, gefeiert wurde am Samstagabend. Eisern.
Bis der Heilige Abend es sich nicht nehmen ließ, an einem Samstag stattzufinden. Das war im Jahr 2005. Natürlich gab es eine von Axel Schwaigerts damals schon legendären Weihnachtsgeschichten, die der literaturwissenschaftlich geneigte Mensch in drei Zyklen einteilen könnte: im einen spielen Engel die zuweilen tolpatschige Hauptrolle; im zweiten ist es die Krippe, um die sich die jeweiligen Geschichten ranken; im dritten Zyklus schließlich kommt der kleine Heilige zu Ehren, der am Rand der großen Stadt weihnachtliche und andere Geschichten vorantreibt (oder getrieben wird), ausgesandt von der himmlische Heiligenverwaltung (der kleine Heilige) und immer mit ungewissem Ausgang (die Geschichten).

Dass Axel Schwaigerts Weihnachtsgeschichte nun am Weihnachtsabend eine ganz besondere Wirkung entfalten würde – noch größer, als wenn sie an einem hundsgewöhnlichen Dienstag oder Donnerstag vor dem Fest erzählt worden wäre – damit war zwar zu rechnen, erwartet hatte es ehrlicherweise aber keine*r. Und so kam es, wie es kommen musste: Seit jenem Weihnachtsfest gibt es jedes Jahr einen MCC-Gottesdienst mit einer Axel-Schwaigert-Geschichte am Heiligen Abend und nicht nur schnöde am Samstagabend zuvor. Einfach weil eine Weihnachtsgeschichte an Weihnachten erzählt werden muss. Und nicht an einem Werktag.

Axel Schwaigerts Geschichten sind schön. Wunder-schön. Denn sie erzählen von Wundern. Sie erzählen vom geschäftigen Betrieb im Himmel, der sich möglicherweise gar nicht so sehr vom geschäftigen Betrieb auf der Erde unterscheidet. Sie erzählen, wie die Wunder sich ihren Weg recht mühsam durch diese geschäftige Betriebsamkeit bahnen müssen, weil die Protagonisten sie in all ihrer Hektik einfach übersehen. Sie erzählen, wie sich Gott treffsicher die Underdogs aussucht, um seine Botschaft über die Rampe zu bringen. Sie erzählen, wie man durch Wunder zum Glauben finden kann. Und sie erzählen aus Freude am Erzählen. Das macht sie so bezaubernd. So anrührend. So lustig.

Axel Schwaigert beobachtet präzise allzu Menschliches und allzu Engelisches, er gießt es in frei erfundene Geschichten, und er erzählt sie hingebungsvoll. Denn er ist ein begnadeter Geschichtenerzähler.

Dieser Band versammelt nun sechs wunder-bare Engelgeschichten. Fünf davon sind Weihnachtsgeschichten, eine ist eine Geschichte zur Auferstehung und entstand anlässlich einer Taufe. Weitere Bände sind geplant.

Die Geschichten zu lesen, ist das eine – sie zu hören, ist gewiss noch eindrucksvoller. Das Wunder des Heiligen Abends ist die schönste Gelegenheit dazu.

Jochen Gewecke
Grafiker, Texter, Fotokünstler

# Wie die erwachsenen Engel Weihnachten abschaffen wollten

Es war wieder einmal kurz vor Weihnachten und im Himmel herrschte dicke Luft. Die Engel waren sauer: so konnte das auf gar keinen Fall weitergehen, da waren sie sich einig. Die Zeichen standen auf Sturm. Sogar die Wolken, auf denen die Engel normalerweise mit ihren Harfen musizierten, sahen heute eher aus wie aufziehende Gewitterwolken. Gabriel, der Oberengel, hatte schließlich eine Generalversammlung aller Engel und Heiligen einberufen, damit sie über das Problem reden könnten. Alle bekannten und weniger bekannten Heiligen waren gekommen und von den starken Schutzengeln mit ihren großen, weißen Flügeln bis zu den Harfe spielenden, durchgeistigten Musikengeln waren alle da.

Gleich der erste Redner brachte es auf den Punkt: Die Menschen auf Erden verdienen das Weihnachtsfest doch gar nicht! „Statt Freude und Besinnung herrschen doch nur noch Kaufrausch und Hektik und statt Friede auf Erden und den Menschen ein Wohlgefallen haben sie Streit unter dem Weihnachtsbaum und Krieg allüberall. Warum denn eigentlich noch ein Fest feiern, das seit Jahren nur noch wichtig sei für den Einzelhandel?" war gleich die erste Bemerkung.

„Ganz richtig", stimmte der nächste Engel zu. Es war einer derjenigen, die für das Wetter zuständig waren: „ Erst wollen sie weiße Weihnachten, weil das so schön romantisch sei, mit „Schneeflöckchen,

Weißröckchen", und perfekt weiß wie im Hollywoodfilm, und wenn man es dann schneien lässt, dann beschweren sie sich über die Temperaturen und über das Schnee-Verkehrschaos! Und außerdem: das Klima machen sie doch selber kaputt und überhaupt: Was hat denn Romantik mit Weihnachten zu tun?"

„Dem stimme ich voll zu" brummte der Heilige Bischoff Nikolaus von Myra. „Zuerst haben sie mich zum Schenke-Onkel gemacht, und jetzt bin ich zur Werbefigur für eine amerikanisch papp-süße Limonade verkommen!" „Genau!" unterbrach ihn der Heilige Augustinus, der Obertheologe und Kirchenvater: „Die Menschen haben doch eh keine Ahnung mehr von der Struktur des Kirchenjahres! Und macht doch mal eine Umfrage auf der Straße und fragt nach der Bedeutung von „Inkarnationstheologie"! Das weiß keiner mehr! Dabei bedeutet das Menschwerdung und ist ein wichtiger systematisch-theologischer Begriff, der...."

Der Rest seiner Ausführungen ging im allgemeinen Geschimpfe unter. Die Menschen wüssten nicht mehr, was Weihnachten eigentlich bedeutet, hätten es nicht verdient und am besten sollten die Engel beschließen, Weihnachten ausfallen zu lassen, es abzuschaffen. Schließlich brachte es Gabriel auf den Punkt: „Für die Menschen ist Weihnachten eh nutzlos und wir Engel und Heiligen sollten stattdessen lieber, wie viele Menschen auch, die Weihnachtsferien dazu nutzen, um in den warmen Süden zu fliegen. Die Bahamas oder Hawaii sind doch toll um diese Jahreszeit!"

Während nun die Versammlung der Engel und Heiligen in Streit darüber ausbrach, wo man in den Weihnachtsferien nun Urlaub machen sollte, saßen drei kleine, junge Engel verdutzt und verdattert und fassungslos am Rande. Sie hatten zugehört und überhaupt nicht verstanden, warum die Erwachsenen sich eigentlich so aufregten und stritten. Weihnachten war doch so ein wichtiges Fest und so schön! Und sie hatten versucht, zu Wort zu kommen, aber keiner der Großen hörte ihnen zu, als sie versuchten, von Liebe zu erzählen, von Friede und von Mut und Hoffnung.

Dass die Großen Weihnachten abschaffen wollten... sie konnten es nicht fassen. Traurig, mit geknicktem Heiligenschein und mit hängenden Flügeln schlichen sie sich davon. Auf einer abgelegenen Wolke setzen sie sich zusammen und überlegten, was sie tun könnten. Mit den großen Engeln reden, das würde nicht funktionieren. Die Erwachsenen hörten doch eh nie richtig zu. Sie könnten direkt zu Gott gehen, in den Himmlischen Thronsaal. Das getrauten sie sich dann doch nicht. Aber, das war vielleicht eine Idee: sie könnten doch selber den Menschen Weihnachten bringen. Ja, das könnten sie! Und wenn die Großen nicht mithelfen wollten, dann würden sie es eben alleine machen! Jede und jeder von ihnen würde Weihnachten auf die Erde bringen, mit dem, was sie in ihrem kurzen Engelsdasein schon gelernt hatten. Sollten die Großen doch streiten!

Und so machten sich drei kleine Engel auf den Weg, den Menschen auf Erden Weihnachten zu bringen. Gemeinsam flogen sie los, und auf der Erde verteilten sie sich, und flogen in ihre Richtung davon.

Nun haben alle Engel ihre besondere Aufgabe, für die sie besonders geeignet sind und für die sie eine spezielle Ausbildung haben. Am berühmtesten sind wohl die Schutzengel, und alle kleinen Engel träumen davon, eines Tages auch so groß und stark zu werden, und Judo und Karate zu lernen und auf Menschen aufpassen zu dürfen. Aber es gibt natürlich noch viele andere Aufgaben und Bereiche. Und so war der erste der kleinen Engel, die heimlich aus dem Himmel zur Erde flogen, ein Engel der Liebe. Er war ein bisschen pummelig, unscheinbar für die meisten. Aber diejenigen, die mit den Herzen sehen, konnten sehen, dass der kleine Engel der Liebe ganz wunderbare, bunte Flügel hatte. Und so flog er mit diesen bunten Flügeln der Liebe über die grauen Dächer einer Stadt. Ein Haus war so grau wie das andere, aber eines, das war ganz besonders grau und farblos. Spontan flog er hinein und fand dort ein altes Ehepaar sitzen, in kaltem Schweigen. Wie an allen Feiertagen seit vielen Jahren, so lebten die beiden auch dieses Weihnachten wieder nur nebeneinander her. Sie waren nicht wirklich im Streit miteinander, aber auch nicht wirklich im Frieden. Sie lebten in einer grauen Welt des Alltags, der Gewohnheiten. Die Liebe zwischen ihnen war in den Sorgen und Nöten der Jahre und in der Langeweile erstickt und kalt geworden. Traurig sah sich der Engel um. Nichts, was ihm geholfen hätte, nur Grauheit. Doch dann sah er mit seinem Engelsblick einen Farbtupfer im Schrank. Es war ein altes Fotoalbum, aus einer Zeit, als man Fotos noch in Bücher klebte. Er nahm es heraus, und legte es leise zwischen die Beiden auf den Tisch. Sie hatten dieses Album schon lange vergessen, und wunderten sich ein bisschen, dass es ihnen gerade heute zufällig in die Hände fiel. Es waren Bilder ihrer Jugend, als sie sich gerade kennen gelernt hatten. Bilder, wie sie als Flower-power-kinder auf jenem Konzert unter dem Mond tanzten, barfuß im Tau, und wie sie sich in dieser Nacht verliebt und zum ersten Mal geküsst hatten. Und sie sahen einander an und die Liebe, die so verstaubt und grau geworden war, kam zurück zu ihnen. Der Engel sah es genau: es war nicht die heiße stürmische Liebe jener Nacht, und auch nicht die romantische und hoffnungsvolle Liebe der ersten

Jahre, aber es war eine Liebe, die gewachsen und mit ihnen alt geworden war.

Und sie spürten eine tiefe Vertrautheit miteinander, und sie beschlossen, zum ersten Mal seit Jahren, doch noch schnell einen Weihnachtsbaum zu kaufen, und ihn bunt zu dekorieren.

Der zweite kleine Engel flog wütend durch die Gegend. Er war zwar ein Friedensengel mit großen schneeweißen Taubenflügeln, aber heute fühlte er sich so gar nicht friedlich. Er war stinksauer auf die erwachsenen Engel, besonders wegen den Bemerkungen über den Schnee. Was hat denn der blöde Schnee mit dem Frieden auf Erden zu tun, oder mit Weihnachten? Doch gar nichts! So beschloss er, irgendwohin zu fliegen, wo es keinen Schnee gibt und auch nicht wirklich Weihnachten. Er kam an ein kleines Dorf, irgendwo in der Wüste. Er wusste: da standen zwei Häuser mit einem toten Baum auf der Grenze dazwischen. Der Baum war gestorben am Hass und dem Unfrieden zwischen den beiden Männern, die dort lebten, und sich jeden Tag stritten und beschimpften und manchmal auch mit Steinen und Müll nacheinander warfen.

Leise setzte sich der kleine Friedensengel auf den toten Baum. Er wusste, er war zu klein, um den Frieden auf Erden zu bringen, oder Versöhnung zwischen den Völkern. Das würden alle Engel im Himmel nicht schaffen, das müssten die Menschen schon selber tun. Aber vielleicht könnte er diesen beiden Männern aus verschiedenen Völkern und Religionen, die in Wahrheit doch Brüder waren, ein bisschen Frieden bringen. Und während er noch da saß und überlegte, da spürte der Baum, dass er da war und ließ Blüten wachsen, weiß und duftend und zerbrechlich. Und die beiden Männer kamen aus ihren Häusern und sahen die Mandelblüten, und verstanden. Und zum ersten Mal seit Jahren schrien sie einander nicht an, sondern grüßten sich. Und zum ersten Mal hörten sie, dass „Schalom" ganz ähnlich klingt wie "Salam", und dass beides Frieden heißt. Und sie holten sich Stühle und setzten sich nebeneinander in ihren Garten und freuten sich gemeinsam über das Wunder des Lebens. Und der kleine Engel saß da und freute sich mit ihnen. Er hatte nicht bemerkt, dass auf dem Ortsschild am Eingang des Dorfes „Bethlehem" stand, und dass dieser kleine Friede vielleicht ein viel größerer Friede war.

Der dritte Engel beschloss, direkt dahin zu fliegen, wo die Menschen meinten, Weihnachten finden zu können. Er flog zum größten und schönsten Weihnachtsmarkt, den er finden konnte. Überall erschallten Weihnachtslieder, es duftete nach gebrannten Mandeln und Glühwein, Kerzen leuchteten und Weihnachtslieder erklangen, aber eigentlich war es nur hektisch, laut und voller schiebender und drückender Menschen. Da würde es doch für einen angehenden Posaunen-Bläser-Engel etwas zu tun geben. Als er jedoch gelandet war, mit seiner gebrauchten Trompete, da war er auf einmal nicht mehr so sicher. Er war ja schließlich erst in Anfängerkurs der Jungbläser, und so richtig spielen konnte er nämlich noch gar nicht. Eigentlich konnte er erst ein einziges Weihnachtslied blasen, und das noch nicht richtig. Wie sollte er denn damit den Menschen Weihnachten bringen? Das ging doch gar nicht. Und außerdem war es hier ja tatsächlich viel zu laut und zu bunt und zu hektisch. Was im Himmel noch wie ein guter Plan geklungen hatte, den Menschen einfach so Weihnachten zu bringen, hier auf Erden sah es ganz anders aus. Den kleinen Posaunenengel verließ der Mut. Mit hängendem Kopf wollte er schon wieder losfliegen, als er drüben, an der Ecke des Marktes, einen Jungen stehen sah. Er hatte einen Notenständer vor sich aufgebaut und hatte, wie der Engel, eine Trompete in der Hand. Aber er spielte nicht. Der kleine Engel drängelte sich durch und sah, dass es sein Lied war, das der Junge da aufgeschlagen hatte. Und er nahm all seinen Engelsmut zusammen, stupste den Jungen an, und miteinander setzten sie ihre Trompeten an, und spielten gemeinsam … die wohl schlechteste Aufführung von „Oh du fröhliche", die man je gehört hat.

In der Hektik des Weihnachtsmarktes fiel das kaum jemand auf. Nur eine Mutter mit ihrem dreijährigen Kind blieb stehen für einen Augenblick der Ruhe in der Hektik des Weihnachtsrummels. Sie musste lächeln. Es klang grauenhaft, aber irgendwie war es schön, die beiden Kinder zu sehen, wie sie da ganz mutig in ihre Instrumente bliesen. Sie schaute nach ihrem Sohn, und bemerkte, dass der ganz verzaubert war. Beinahe hörte sie es nicht, wie er ganz mit großen Augen ganz andächtig sagte: „Wenn ich groß bin, dann will ich das auch machen!" Und sie wusste, gerade war Weihnachten geworden.

Im Himmel war, während die kleinen Engel losgeflogen waren, die Debatte über die schlechte Behandlung von Weihnachten durch die Menschen weitergegangen. Plötzlich jedoch wurde es heller, und ruhiger und friedvoller. Die Engel und Heiligen verstummten. Jesus selbst war in ihre Mitte getreten. Wie es seine Art war, seit der Auferstehung, war er auf einmal zwischen ihnen aufgetaucht. In die Stille hinein konnte man ihn tief seufzen hören. Die Engel und Heiligen wussten sofort, dass sie einmal wieder übertrieben und sich danebenbenommen hatten und sie stellten sich schon auf eine himmlische Standpauke ein. Stattdessen lächelte Jesus nur und sagte: „Oh Ihr Engel und Heiligen. Ihr seid einfach zu perfekt. Deswegen seid ihr ja im Himmel. Und deswegen meint ihr, alles muss perfekt sein, alle müssten genauso gut verstehen, was Weihnachten ist und wie die Menschen es feiern sollen. Aber die Menschen auf Erden sind nicht so perfekt wie ihr. Die Menschen müssen wir ganz anders ansprechen. Die Menschen leben in Hektik und Streit und Unzufriedenheit und in Mutlosigkeit. Aber sie können dennoch in all dem auf ihre Art Weihnachten sehen, wenn sie nur genau hinschauen." Er schaute sich um: „Gerade du, Gabriel, solltest das doch am besten wissen. Erinnerst du dich nicht, wie du damals zu meiner Mutter Maria gekommen bist und ihr gesagt hast, dass sie mit mir schwanger werden würde? Erinnerst du dich nicht an die Furcht in ihrem Herzen, und an den Streit, den sie mit Josef hatte, als sie ihm sagte, dass sie ein Kind bekommen würde? Weißt du noch den Stress und die Hektik und die Mutlosigkeit die die beiden hatten, als sie keine Herberge fanden? Und du weißt doch sicher noch, dass Krieg herrschte in vielen Teilen der Welt? Und dennoch ist damals Weihnachten geworden und ihr Engel habt gesungen von Frieden auf Erden und die Weisen aus dem Morgenland und die Hirten sind gekommen."

„Ich will Euch zeigen, wie für die Menschen Weihnachten werden kann." Und vor ihm öffnete sich der Himmel und ein Lichtstrahl fiel auf die Erde, so, wie wenn die Sonne durch Gewitterwolken scheint. Und in diesem Licht sahen die Engel und die Heiligen was die drei kleinen Engel machten. Sie sahen, wie sie auf der Wolke saßen und planten, wie sie hinunter flogen und ein kleines bisschen Weihnachten brachten zu den Menschen.

Jetzt waren die Engel wirklich still und die Heiligen ganz betreten. Vor lauter sich aufregen, dass Weihnachten nicht so wäre, wie sie es gerne selber hätten, wie es perfekt und theologisch richtig sein könnte, hatten sie ganz vergessen, was Weihnachten wirklich war. Die kleinen Momente der Ruhe, des Friedens, der Liebe und der Musik, die gemeinsam erst jenes große Geschenk ergaben, das Gott der Welt an Weihnachten gemacht hat: Die Geburt Jesu für die Menschen.

Jesus nickte zufrieden, als er sah, dass die Engel und die Heiligen anfingen, zu verstehen und sagte zu Ihnen: „ Ihr dürft hier im Himmel das perfekte Weihnachten vorbereiten. Ich aber mache mich jetzt auf, wie jedes Jahr, wie jeden Tag und jeden Augenblick, so wie ich mich vor zweitausend Jahren aufgemacht habe. Um bei den Menschen zu sein, überall dort, wo man mich einlässt und Herberge gibt; wo die Weisen mit den einfachen Menschen zusammen beten; wo Geschenke nicht an ihrem Wert, sondern an der Liebe gemessen werden, mit denen sie gegeben werden; wo Menschen einander lieben, sich trösten, Frieden schaffen, einander Mut machen. Dort wird auch dieses Mal wieder Weihnachten werden." Er lächelte wieder: "… ob ihr erwachsenen Engel es wollt oder nicht."

# Antonius der Botenengel

Er war sauer, stinksauer! Nein, eigentlich war er mehr verletzt, nein, verärgert war er. Antonius, frisch lizenzierter Botenengel, flog über eine Wolkenwiese dahin und kickte wütend nach kleinen Wolkenfetzen. Da hatte er gearbeitet und geschuftet, und das war das Ergebnis. Zu den Hirten hatten sie ihn geschickt! Die Geburt sollte er ihnen ankündigen, hatten sie gesagt! Ha! Wütend holte er aus und trat gegen einen kleinen Wolkenhaufen. In seiner Wut hatte er gar nicht bemerkt, dass gerade an dieser Stelle ein Berggipfel durch die Wolken schaute und er stieß sich ganz fürchterlich den Fuß! Wenn er kein Engel gewesen wäre, noch dazu ein in Kommunikation geschulter, dann hätte er jetzt ganz unanständige Worte ausgestoßen. So aber setzte er sich nur auf eine Wolkenbank, hielt sich den schmerzenden Zeh und schmollte.

Wochenlang hatte er gearbeitet, hatte Kurse besucht, war in Unterrichtsstunden gesessen, hatte gelernt, oft noch nach den täglichen Chorproben und neben seinem eigentlichen Dienst her, hatte sich vorbereitet und auf die Prüfungen gelernt. Und es hatte ja auch richtig gut funktioniert. Er hatte die Weiterbildung zum Botenengel mit Auszeichnung bestanden. In Fächern wie „Öffentliches Auftreten und freies Reden" und „Liturgisches Hebräisch, Griechisch und Latein" war er geprüft worden. Er hatte Aufsätze über „Vermittlung göttlicher Wahrheit und Biblischer Inhalte" geschrieben und war mündlich über die „Geschichte der Verkündigungstheorie" abgefragt worden. Seine Examensarbeit hatte er dann über „Große Verkündigungsengel und wichtige Propheten: Berufung oder Beauftragung?" geschrieben. Und nebenher hatte er dann noch einen Theaterkurs belegt, um richtig gut auftreten zu können. Alle Prüfungen hatte er bestanden, und sie waren gut gelaufen und er war von seinen Professoren und Professorinnen gelobt worden.

Und dann hatte er so sehr gehofft, jetzt, bei dieser Gelegenheit, dieser einmaligen Gelegenheit, einen guten Auftrag zu bekommen. Gut, dass der Erzengel Gabriel die Verkündigung an die Mutter des Sohnes Gottes, des Erlösers der Menschen selber übernehmen würde, das war ihm ja klar gewesen. Aber dass er jetzt gerade nur diesen nebensächlichen, unwichtigen, ja beinahe schon beleidigenden Auftrag bekommen hatte, das war ja wohl die Höhe. Als das WOK, das Weihnachts – Organisations- Komitee ihn gerufen hatte, da hatte er sich schon Hoffnungen auf einen schönen Auftrag gemacht. Wichtigen Menschen die

Geburt des Erlösers verkündigen, das wollte er. Dafür hatte er gearbeitet und geschuftet. Den Priestern im Tempel! Oder den Massen in Jerusalem, z.B.; oder einem wichtigen Propheten! Oder dass sie ihn nach Rom schicken würden, oder nach Athen, zu den Heiden, er hatte ja Latein und Griechisch studiert! Oder dass er etwas Kreatives, Intimes aber Wichtiges bekommen würde, etwa den Namen des Erlösers in einem Traum dem Josef verkündigen, der ja die Vaterrolle für das neugeborene Kind übernehmen würde. Doch wenn er ganz ehrlich zu sich selber war, dann hatte er sich schon gesehen, wie er mit ausgebreiteten Flügeln in strahlend weißem Gewand über einer staunenden, vor Furcht zitternden Menschenmenge schwebte, umleuchtet von der Heiligkeit Gottes! Und er hatte sich gehört, wie er mit Donnerstimme den heiligen Text der Verkündigung sprechen würde, jenen Text, den Generationen von Kindern würden auswendig lernen müssen.

Und was jetzt? „Da werden ein paar Hirten bei den Herden sein", hatten sie gesagt. „Die werden dort nachts ihre Herden bewachen." Zu denen sollte er gehen, und ihnen sagen, dass in dieser Nacht der Sohn Gottes geboren werden würde. Er bräuchte keine weitere Ausstattung mitnehmen, keine Mikrophone und Lautsprecher, denn es würden nur fünf oder höchstens sechs Hirten sein, zu denen er sprechen sollte. Und, nein, einen vorgefertigten Text gebe es auch nicht. Er solle nur zusehen, dass er pünktlich da wäre, dass er loslegen könne, wenn es soweit wäre. Den genauen Moment würde er als Engel schon spüren.

Und so saß er nun auf seiner Wolke, hielt sich den immer noch schmerzenden Fuß und war enttäuscht. Keine ausgebreiteten Flügel, keine Menschenmassen, kein Theaterdonner. Ein paar unverständige, unwichtige Hirten. Wie sollte er mit diesem Auftrag seinen Kolleginnen und Kollegen unter die Augen treten? Die hatten bestimmt viel tollere Aufträge als er. Die hatten bestimmt die schönen, die großen Aufträge bekommen. Sicher, auslachen würden sie ihn nicht, sie waren ja Engel. Im Gegenteil, er konnte schon hören wie sie sagten: „Aber Antonius, die Arbeit die du da machst, ist ganz wichtig!" „Es kommt nicht auf die Größe der Menge an", würden sie sagen. Und dann würden sie ihm erzählen wohin sie geschickt worden seien, und wie viele Menschen sie erreichten, und was für tolle, kreative Sachen sie machen würden.

Nein, das würde er sich nicht antun, lieber würde er sofort aufbrechen und die Zeit bis zur Geburt unten, auf Erden irgendwo vertrödeln. Und so holte er sich, um nicht aufzufallen und um Heiligenschein und Flügel zu verdecken, einen Hut und einen Mantel aus der himmlischen Requisitenkammer, beide alt und abgetragen und schon leicht muffelig und machte sich auf den Weg.

Sie waren leicht zu finden, diese Hirten. Sie saßen am einzigen Feuer außerhalb des kleinen Dorfes, in dem bald das Wunder geschehen sollte. Tatsächlich, es waren fünf abgerissene Gestalten, die da in der Nacht um ihr Feuer herumsaßen. Sicher, er hätte auch einfach nur warten können, aber was könnte es schaden, wenn er sich zu den Hirten setzte?

Die Hirten sahen eine Gestalt aus der Dunkelheit kommen. Aus Vorsicht griffen sie zu den Hirtenstäben und den Knüppeln, die für den Fall der Fälle immer neben ihnen lagen. Aber dann sahen sie, dass es nur einer war, genauso arm und abgerissen wie sie selber. Er hätte sich verlaufen, auf dem Weg ins Dorf, und ob er bei ihrem Feuer auf den Morgen warten dürfe? Sicher, er solle sich nur hersetzen, woher er denn kommen würde? Und da sei noch etwas Bohneneintopf, viel sei es nicht, aber er solle es sich nehmen. Und als der schweigsame Fremde dann mit seinen Bohnen neben ihnen saß, kam langsam das Gespräch wieder in Gang.

Aufmerksam hörte Antonius zu. Es war ein eigentlich banales Gespräch. Es ging um die kleinen und großen Sorgen und Nöte der Hirtinnen und Hirten. Da war von der Angst die Rede, von den Römern zur Armee eingezogen zu werden. Und er hörte die sarkastische Antwort, dass niemand solche Typen wie sie haben wollte, nicht einmal die römische Armee! Er hörte, wie eine junge Hirtin von ihrem Liebeskummer erzählte, dass ihr Freund, der Ziegenhirt auf der anderen Seite des Dorfes war, nun schon seit anderthalb Tagen nichts mehr von sich hatte hören lassen. Da ging es um den Verlust der Arbeit, und um den Streit zuhause. Da war von den neuesten Modellen von Hirtenstäben die Rede, und dass man die sich ja eh nicht leisten könne, in diesen unsicheren Zeiten. Und da redeten sie darüber, dass man den Politikern auch nicht mehr trauen könne, jenen Lumpen, denen es nur um die Macht ging, und nicht mehr darum, was für sie, die einfachen Menschen wichtig war.

Banalitäten eigentlich, aber als gut geschulter Kommunikationsengel hörte Antonius das heraus, was eigentlich gesagt wurde: Die Sorgen und Nöte des tagtäglichen Lebens und ein tiefes Misstrauen allem gegenüber, das als ach so sichere Wahrheit von außen, von oben verkündigt wurde. Wer konnte denn heute den Mächtigen noch irgendetwas glauben? Und die Resignation, dass sich doch niemand für sie, die einfachen Menschen, interessieren würde. Und die Angst, dass die Zukunft noch schlimmer würde, als es die Gegenwart schon war. Alles in allem war es kein schönes, aufbauendes Gespräch in jener Nacht um das Feuer der Hirten herum. Wie sollte er, Antonius, denn da eine ewige Wahrheit verkünden, etwas, was scheinbar gar nichts zu tun hatte mit dem normalen Leben dieser Leute. Und wie sollten sie ihm glauben, wo sie doch gar nichts mehr glaubten?

Doch während er noch zuhörte und darüber nachdachte, spürte Antonius, der Botenengel, dass die Zeit da war. In einem Stall im Dorf wurde gerade ein kleines Menschenkind geboren, und er sollte nun zu den Hirten reden. Langsam stand er auf, und noch im Aufstehen entschied er sich, ganz anders vorzugehen: keine weißen Flügel, kein Heiligenschein, er würde einfach nur reden.

„Ich habe euch zugehört" sagte er, „und ich habe euch jetzt etwas Wichtiges zu sagen: Habt keine Angst, nicht vor mir, nicht vor eurem Leben, und nicht vor dem, was die Zukunft bringen wird. Ich verkündige euch Freude! Denn heute Nacht hat sich alles verändert. Heute Nacht ist der Erlöser geboren. Euer Erlöser. Und zwar ganz in der Nähe! Und ihr braucht mir nicht einmal glauben, sondern ihr dürft selber gehen und ihn sehen. Dort im Dorf, im kleinen Stall neben der Herberge, da liegt ein kleines Kind, in einer Futterkrippe und es ist, wie alle Kinder, in Windeln gewickelt. Aber dieses Kind ist für euch gekommen. Denn er ist der Erlöser, der Sohn des Allerhöchsten"

Es war nicht seine beste Rede, aber es war alles, was ihm in diesem Moment einfiel, und er hoffte inständig, dass die Hirten ihn verstehen würden.

Und da bemerkte Antonius, dass er nicht mehr alleine war. Er konnte die Gegenwart der anderen Engel spüren, schon bevor er sie sah. Er hörte sie, wie sie Luft holten und in vielen Stimmen und Akkorden das Loblied Gottes anstimmten und in die Nacht hinaussangen: „Ehre sei Gott in der Höhe und Frieden auf Erden bei den Menschen seines Wohlgefallens!" Er drehte sich um und sah dort, über den Feldern und über der Herde die Menge der himmlischen Heerscharen, alle Engel, die großen, wichtigen Erzengel genauso wie die kleinen Sopranengel! Und dort drüben, da war seine ganze Klasse, alle die mit ihm das Verkündigen studiert hatten, und sie strahlten ihn an, gratulierten ihm mit erhobenen Daumen, und ihre geschulten Stimmen schmetterten noch einmal: „Ehre sei Gott in der Höhe! Und Frieden den Menschen auf Erden!" Die Musik des Himmels, das ewige Lob der Engel erfüllte für diesen Augenblick die Nacht und die Erde, und es war ihm eigentlich ganz egal, ob die Hirten den Gesang hören konnten, oder ob sie nur seine Worte verstanden. Denn jetzt, in diesem Moment, verstand er auf einmal: Er war nicht zu einen unwichtigen Randauftrag losgeschickt worden, eine unwichtige Verkündigung an unwichtige Menschen, sondern er war der Verkündigungsengel. Der einzige Verkündigungsengel! Das, was er gerade den Hirten erzählt hatte, dass der Erlöser geboren sei als kleines Menschenkind, das war die frohe Botschaft dieser Weihnacht für alle Menschen!

Und die Hirten erkannten, dass der Fremde, der bei ihnen gesessen war, und ihnen zugehört hatte, der mit ihnen gegessen und getrunken hatte, die Wahrheit sagte. Sie konnten nicht sagen, warum sie es wussten, aber es war irgendetwas in ihnen, das ihnen sagte: Ja, es ist wahr, was er sagt. Es war, als ob Gesang der Engel sie erfüllte. Und sie sagten zueinander, „Auf, lasst uns gehen und dieses Wunder sehen." Sie packten das bisschen, das sie hatten und stürmten los, hinein in das Dorf, zu jenem Stall, in dessen Krippe ein Kind lag, in Windeln gewickelt, gerade so wie ihre eigenen Kinder. Ein Kind, das ihr Leben verändern sollte.

Und so verstand Antonius, dass es nicht auf die Menschenmenge ankam, oder die Bedeutung der Menschen, oder die Statistiken, oder die großen und kleinen Veranstaltungen, und ob sie am nächsten Morgen in der Zeitung stehen würden, sondern darauf, was die Botschaft der Liebe Gottes bei den Menschen bewirkt. Er erkannte, dass es darauf ankam, wo die Gute Botschaft die Menschen erreichte, und Leben veränderte.

Dass sie Wärme in die Kälte brachte. Liebe in den Hass, Gemeinschaft in die Einsamkeit, und Hoffnung in die Dunkelheit.

Und dann war es wieder still geworden über den Feldern, bei den Schafen. Die Engel waren zurückgeflogen in den Himmel, um dort weiter zu feiern, eine himmlische Party.

Und Antonius, der Botenengel? Nun, er kam die drei Zentimeter, die er über dem Boden geschwebt hatte, wieder herunter. Lächelnd und zufrieden schaute er den Hirten und Hirtinnen nach, wie sie aufgeregt miteinander redend in Richtung Dorf zogen. Ihre Herde hatten sie ganz vergessen, vor lauter Vorfreude. Und so setzte er sich ans Feuer, warf ein paar Holzscheite hinein, nahm den Hirtenstab in die Hand und schaute über die schlafende Herde. Heute Nacht würde er sie bewachen, dass ihr nichts geschehen sollte, solange die Hirten den Erlöser besuchen würden.

## Was nach der Heiligen Nacht geschah
## oder
## Wie ein paar Engel noch eine Weile auf Erden blieben.

Schließlich war es doch noch ruhig geworden im Stall in Bethlehem. Die Hirten waren spät in der Nacht wieder zu ihren Schafen zurückgegangen. Sie waren alle ein bisschen angetrunken und zogen laut singend durch die ansonsten stillen Straßen von Bethlehem davon. Wie nett von dem Wirt der Herberge, dass er noch ein paar Schläuche Wein spendiert hatte, damit sie ordentlich auf den kleinen Mann da in der Krippe anstoßen konnten. Auch die drei Weisen hatten sich irgendwann zurückgezogen. Irgendwie hatten sie es – Dank ein paar größerer Silbermünzen - doch noch geschafft, eine Unterkunft in der ansonsten völlig ausgebuchten Stadt zu finden. Und sie waren so müde gewesen und überwältigt, dass sie nicht einmal mehr eine ausführliche, theologische Nachbesprechung anfingen über das, was sie erlebt hatten. Und das will etwas heißen bei drei Weisen, die sich ein Zimmer mit zwei Betten teilen mussten. Die Wirtsfamilie war auch im Bett, schließlich würden sie am Morgen wieder ganz früh aufstehen und hart arbeiten müssen, eine Heilige Nacht voller Wunder hin oder her. Irgendjemand musste ja für die ganzen Gäste das Frühstück machen. Selbst die Engelschöre hatten sich wieder in den Himmel zurückgezogen, um dort in der Ewigkeit weiter zu feiern mit einem Fest, wie es nur Engel im Himmel feiern können.

Und auch der Stern über Bethlehem verblasste langsam. Er hatte seine Aufgabe erfüllt und wollte sich nun ein bisschen ausruhen.

Nur ein paar kleine Engel trieben sich noch im Stall herum. Sie hatten keine Lust auf die Party der erwachsenen Engel, die würden eh nur reden und es wäre total doof und langweilig. Und vom Engelsglühwein würden sie auch wieder nichts bekommen! Was total unfair und total uncool war. Da Engel keinen Alkohol brauchen um zu feiern, war zwar eh keiner drin, aber unfairerweise hieß es immer wieder: Da seid ihr noch zu jung dafür. Sicher hätte man sie gleich schlafen geschickt. Aber ins Bett wollten sie noch nicht, dazu waren sie viel zu aufgedreht. Also waren sie einfach heimlich noch da geblieben, als alle anderen Engel in den Himmel zurück geflogen waren. Eigentlich war es recht langweilig, Maria und Josef schliefen erschöpft im Heu und auch das Baby war eingeschlafen. Ochs und Esel standen relativ dumm herum, und es war nichts los. Und so spielten sie im Gebälk des Stalles Verstecken und klauten einander die Heiligenscheine. Sie tobten gerade so laut, dass sie beinahe das Kind aufgeweckt hätten, als sie ein strenges Räuspern hörten. *Räusper!*

Sie waren erwischt worden. Von einem der großen Engel. Von einem der ganz großen Engel. Einem von denen mit weißem Gewand und ganz großen Flügeln und hellem heiligen Strahlen. Es war der Verkündigungsengel selber, der sie erwischt hatte. Jetzt würde es ein Standpauke geben, soviel war klar.

Und so standen sie da, als kleines Häufchen, ließen schuldbewusst die Flügel hängen und hielten ihre Heiligenscheinchen in den Händen.

Der große Engel schaute streng auf sie herunter, schüttelte den Kopf, schaute sie wieder an und seufzte. „Was soll ich nur mit Euch machen?" sagte er, mehr zu sich selber, und schwieg wieder eine Weile. Was die kleinen Engel natürlich noch viel nervöser machte. Der große Engel seufzte noch einmal und sagte: „Nun, da ihr schon einmal hier seid, könnt ihr mir genauso gut helfen." Und er erklärte ihnen, dass sie sich um alle diejenigen kümmern sollten, die heute Nacht hier gewesen waren: die Weisen aus dem Morgenland, die Hirten bei ihren Schafen und die Familie des Wirtes. Er selber hätte auch noch etwas zu erledigen. Sie sollten alle etwas aus dem Stall mitnehmen: ein paar von ihnen würden zu den Weisen gehen, ein paar zu den Hirten und die restlichen würden hier bleiben bei den Wirtsleuten in der Herberge.

Die kleinen Engel waren froh, dass sie nicht nur ohne geschimpft zu werden davon gekommen waren. Nein, sie hatten sogar eine wichtige Aufgabe bekommen! Das war viel besser als eine langweilige Party im Himmel oder ins Bett gehen zu müssen. Also sammelten sie schnell irgendetwas zusammen, was noch im Stall herumlag, und flogen mit ihren kleinen Flügeln so schnell es ging davon, bevor es sich der große Engel doch noch anders überlegte.

Am nächsten Morgen wachten die Weisen auf, in ihrem teuren Hotelzimmer. Und schon beim Frühstück waren sie wieder am Diskutieren und Besprechen und Nachdenken und Verstehen wollen. Sie waren ja immerhin gelehrte Weise, die machen das schon beim Frühstück. Und sie erfanden schon bei diesem ersten Frühstück Ausdrücke wie „Inkarnationstheologie". Und sie machten sich erste Gedanken darüber, wie ein „innertrinitarischer Dialog" funktionieren könnte. Wenn ihr jetzt nicht wisst, was das alles heißen soll, dann macht das nichts. Seit zweitausend Jahren nun versuchen weise Frauen und Männer genau das herauszufinden und sind auch noch nicht sehr viel weiter. Jedenfalls merkten die drei Weisen auf einmal, dass sie nicht wussten, wie sie heimkommen sollten. Sie hatten so sehr auf diesen Stern geschaut und über ihre Deutungen nachgedacht, dass sie gar nicht auf den Weg geachtet hatten. Die Wahrheit war, dass sie keine Ahnung hatten, wo genau sie waren. Irgendwo ganz weit weg von daheim, soviel stand fest. Bei all ihren theologischen Diskussionen hatten sie vergessen, auf den ganz alltäglichen Weg zu achten, sich darüber Gedanken zu machen, wie so ein ganz normaler Tag ablaufen sollte. Sie hatten nur nach dem Stern geschaut, und den Rest hatten sie aus ihrer gut gefüllten Reisekasse zugekauft. Wichtig war nur das Ziel gewesen, das sie im Stall gefunden hatten. Aber wie sollte es nun weitergehen? Wie sollten sie nach Hause kommen, ohne den Weg zu wissen?

Die kleinen Engel, die zu ihnen geflogen waren, klatschen vor Freude in die Hände! Sie sahen natürlich sofort, dass genau das total ihre Aufgabe sein würde. Sie würden den drei Weisen einen Weg nach Hause und in die Zukunft hinein zeigen. Und das, was sie im Stall aufgehoben hatten, das passte auch genau dazu. Sie hatten nämlich Licht vom Stern eingepackt. Es hatte noch so schön geglitzert und gefunkelt, dort oben im Loch im Dach des Stalles, wie glänzendes Lametta. Dieses Licht würden sei benutzen, um den drei Weisen zu helfen.

Nun können Engel viel, aber eben nicht alles. Sie können zum Beispiel - außer in jener Heiligen Nacht, was aber eine Ausnahme gewesen war! - nicht einfach die Naturgesetze missachten und einfach einen Stern zurück an den Himmel hängen, wo er eigentlich gar nicht hingehört. Nein, das können auch die Engel nicht. Aber sie würden mit dem Licht des Sternes die drei begleiten. Ein bisschen davon in ihre Augen und Herzen legen, und immer wieder Spuren davon in der Welt hinterlassen.

Und so erinnerten sich die Weisen auf einmal, an ein kleines Stückchen Weg. Nicht der ganze Weg, der lag immer noch im Dunkel der Zukunft oder der Vergangenheit, je nachdem, wie man es sehen wollte. Aber sie kamen eine Tagesreise weit und fanden das Wirtshaus, wo sie in der letzten Nacht vor der Heiligen übernachtet hatten. Und dort redeten sie mit den Menschen, die dort waren. Das war das erste Mal, dass sie das taten, auf ihrer langen Reise. Sie hatten sich ja so nett mit den Hirten unterhalten, warum nicht auch hier mit den einfachen Menschen reden, und hören, was sie zu erzählen hatten. Und tatsächlich: einer davon wusste, aus welcher Richtung sie gekommen waren, und so konnten die drei Weisen am nächsten Tag weiterziehen. Und so zogen sie, Schritt für Schritt, Tagesreise für Tagesreise, Begegnung für Begegnung, ihrem Ziel entgegen. Es war seltsam, ohne das ganz große Verstehen unterwegs zu sein. Aber irgendwie schien es, als ob der Stern immer noch leuchtete. Nicht dort oben am Himmel, aber in kleinem Aufblitzen in den Begegnungen mit den Menschen. Und eines Tages, da ritten sie über einen Hügel, der ihnen schon recht bekannt vorkam und da lag vor ihnen ihre Heimat. Und sie hatten viel gelernt auf ihrem Weg.

Die anderen Engel waren hinüber geflogen zu den Hirten, ganz so, wie es der Verkündigungsengel ihnen aufgetragen hatte. Und sie kamen gerade recht, denn bei den Hirten herrschte schon am frühen Morgen Streit und Geschrei. Nicht die Hirten untereinander stritten, dazu waren sie viel zu müde und sie hatten Kopfweh. Nein, es war ein Mann in sehr feiner Kleidung bei ihnen, der fürchterlich herumtobte! Was sie sich eigentlich gedacht hätten, einfach so davonzugehen? Seine Schafe allein zu lassen! Unmöglich! Unverantwortliches Pack!!! Er schrie und geiferte! Ob sie sich eigentlich vorstellen könnten, wie viel Geld er hätte verlieren können? Er sollte sie entlassen, alle zusammen! Undankbar seien sie, wo er ihnen doch so großzügig einen Job gegeben hatte über die letzten Jahre, trotz steigender Nebenkosten, trotz der Situation mit den Römern… So ging es gerade weiter, und der Mann schimpfte die Hirten aus und er beschimpfte sie ganz schlimm.

Das erste, was die Engel machen wollten, war, total viel Frieden über den Mann ausgießen. Dann wäre alles wieder so schön friedlich, wie es am ersten Tag nach der Heiligen Nacht sein sollte. Aber dann schauten sie etwas genauer hin. Und weil Engel nicht nur die Gegenwart sehen, sondern auch die Zukunft, und nicht nur das Offensichtliche sondern auch die versteckten Zusammenhänge, sahen sie, dass ein bisschen Frieden hier nicht viel helfen würde. Denn was sie sahen war nicht nur der Mann, sondern die ganze Geschichte: wie Menschen durch andere Menschen ausgenutzt und ausgebeutet werden. Wie sie in billigen Jobs nicht wissen, wie sie die Miete bezahlen sollten, während andere reich werden. Sie sahen große Banken, die sich tolle Hochhäuser bauten und sie sahen Menschen, die nicht wussten, wie sie ihre Schulden bei diesen Banken bezahlen sollten. Sie sahen, wie der Gewinn von ein paar wenigen immer wichtiger wurde als die Qualität des Produktes oder der Arbeit. Nein, ein bisschen Frieden würde da nicht helfen. Aber dann grinsten sie einander an, denn sie hatten etwas anderes mitgenommen aus dem Stall. Sie hatten das Echo der Engelschöre mitgenommen. Und genau das legten sie den Hirten in die Ohren.

Und so kam es, dass die Hirten trotz des Geschreis ihres Bosses etwas anderes hörten, ein Echo der Heiligen Nacht. „Fürchtet Euch nicht!" hörten sie und „Ehre sei Gott in der Höhe!" Es war nur eine Erinnerung, so wie man sich an einen Traum erinnert, aber es war genug. Es war genug dafür, dass sie sich zusammentaten und zum ersten Mal ihrem Chef wiedersprachen. Erst ganz, ganz vorsichtig, immerhin hatten sie ja noch Kopfweh, aber dann gemeinsam ganz stark. Sie hatten keine Angst vor den Engeln gehabt, da würden sie doch auch keine Angst vor den Menschen haben! Und so taten sie sich zusammen, und gemeinsam forderten sie eine Gehaltserhöhung und trockeneres Feuerholz und bessere Schäferstäbe. Und einen freien Tag! Und sie gründeten die erste Schäfergewerkschaft und eine Schäfergenossenschaft, mit der sie ihre Schafe direkt vermarken und faire Preise für ihre Wolle erzielen wollten. Und immer wieder dachten sie daran, dass die Ehre Gottes auch gutes Verhalten den Menschen gegenüber bedeuten kann. Und so veränderte sich das Schäfereigewerbe grundlegend. Es ist nach wie vor harte Arbeit, aber Angst vor anderen Menschen würden die Hirten nie mehr haben.

Die Engel, die bei den Wirtsleuten geblieben waren, mussten am längsten auf ihren Moment warten. Aus Winter wurde Frühjahr und Sommer und Herbst, und schließlich wurde aus dem Herbst wieder Winter. Die Arbeit in der Herberge ging ganz normal weiter, das Geschäft lief durchschnittlich gut, die Tage waren gefüllt mit viel Arbeit und hin und wieder einem kleinen Fest. Nichts, bei dem die Engel hätten eingreifen müssen. Es musste aber so um die gleiche Zeit gewesen sein wie letztes Jahr, als die Engel merkten, dass etwas nicht stimmte. Nun können Engel ja sehen, was wir Menschen nur fühlen können. Und sie sahen, wie die Welt um die Wirtsleute herum nach und nach grau geworden war. Am Anfang war es ihnen gar nicht aufgefallen, so langsam war es geschehen. Aber nun sahen sie es deutlich: Alles war grau. Total langweilig. Es war Routine, Alltag, jeden Tag das gleiche, jeden Tag aufstehen, arbeiten, essen, schlafen; schlafen, essen, arbeiten. Und je grauer das Leben wurde, desto unfreundlicher wurden die Menschen. Nicht dass sie miteinander stritten, nein, sie hörten einfach ganz auf, sinnvoll miteinander zu reden. Über das Alltägliche wurde noch gesprochen, aber nicht mehr über das, was wirklich wichtig war.

Und an sich selbst bemerkten die Engel auch, dass sie grauer geworden waren. Ihre kleinen Flügel waren nicht mehr weiß, sondern hellgrau wie Gardinen, die zu lange nicht gewaschen worden waren. Und ihre Heiligenscheine leuchteten nicht mehr richtig, und da merkten sie es: sie hatten schon so lange nicht mehr gesungen! Es war allerhöchste Zeit, dass sie etwas unternahmen! Und so packten sie das aus, was sie eingesammelt hatten im Stall in jener Nacht: Die Freude, die in der Luft gewesen war, weil Menschen zusammengekommen waren, weil die Engel gesungen hatten, und weil dieses besondere Kind, der Heiland, geboren worden war. Und sie packten es aus und verteilten es in der ganzen Herberge, sprühten es in die Ecken, hängten es an die Fenster und ließen es aus jeder Kerze herausleuchten.

Auf einmal war da etwas in der Luft, etwas Besonderes. Die Wirtsleute konnte gar nicht genau sagen, was es denn war, aber sie beschlossen ganz spontan, ein Fest zu feiern. Es gab zwar keinen Anlass, aber dann erinnerten sie sich daran, dass es vor etwa einem Jahr gewesen sein musste, als dieses Kind geboren worden war. Und weil es damals so schön gewesen war, beschlossen sie, genauso noch einmal zu feiern. Und sie luden die Familie ein und die Nachbarn und ja, die Hirten, die sollten auch kommen. Was wohl aus dem kleinen Jungen und seinen Eltern geworden war? Und aus diesen drei Männern aus dem Ausland, die Geschenke gebaucht hatten? Geschenke, das war eine schöne Idee. Sicher, nicht Gold und Weihrauch, aber etwas Nettes, Kleines für die Kinder und Socken für die Wirt, das war doch eine gute Idee! Es war ein fröhliches, buntes Fest, das bis tief in die Nacht dauerte, und sie aßen und tranken und sangen Lieder und es schien gar, als ob in dieser Freude die Heiligkeit jener Nacht wiedergekommen wäre. Und die Engel, die wieder über der Herberge schwebten, leuchteten ganz Hell in frischem Weiß und sie wussten: so ein Fest wollten sie jetzt jedes Jahr feiern, ein Fest, das den Alltag unterbricht und die Menschen an die Freude jener Nacht erinnert.

Nun werdet ihr fragen, was wohl der große Engel machte. Vielleicht denkt ihr, dass er Josef den Traum gab, damit er mit Maria und Jesus nach Ägypten fliehen sollte. Oder ihr meint, dass er sogar mitgezogen ist, um auf die Drei aufzupassen auf ihrer gefährlichen Reise. Aber dafür war ein Traumengel zuständig und eine ganze Menge Schutzengel. Der große Engel hatte eine viel schwierigere Aufgabe, die viel länger dauern würde. Und so seufzte er ein drittes Mal, holte tief Luft und legte sein leuchtend weißes Gewand ab. Darunter trug er ganz normale menschliche Alltagskleidung. Als er seine Flügel unter das Hemd gefaltete hatte, zeigte nur noch sein Heiligenschein, dass er ein Engel war. Den nahm er vom Kopf, faltete ihn sorgfältig zusammen und steckte ihn in die Hosentasche. Er musste nichts aus dem Stall mitnehmen, denn das, was er brauchte, das hatte er dabei. Und so machte er sich auf, der Verkündigungsengel, der gerade zum Friedensengel geworden war. Denn das war es, was er tun sollte, der große Engel: Den Menschen erzählen, was er gesungen hatte: Friede auf Erden, und den Menschen ein Wohlgefallen. Nun müssen aber die ganzen Heerscharen der Engel singen, dass die Menschen es hören können, und es muss eine ganz besonders heilige Nacht sein, damit wir sie sehen. Und so machte sich der neue Friedensengel in der Verkleidung als Mensch auf den Weg. Er würde den Menschen immer wieder erklären, was Frieden ist. Er würde bei vielen Friedensdemos dabei sein und Schilder hochhalten. Hin und wieder würde er vermitteln dürfen, zwischen denen, die sich streiten, im Kleinen und im Großen. Und er würde den Menschen „Friede" ins Ohr flüstern, er würde vom Schalom Gottes singen und den Menschen immer wieder Friede ins Herz legen. Jenen Frieden, der geschehen war in jener Nacht in Bethlehem. Er wusste, sein Weg würde ein sehr langer werden, und er würde sehr viel Geduld brauchen. Aber als Engel hatte er diese Geduld, und so ist der Frieden-

Verkündigungsengel auch heute noch in der Verkleidung als ganz normaler Mensch bei uns unterwegs. Und wer weiß, vielleicht seid ihr ihm auch schon einmal begegnet.

Und auch die kleinen Engel sind noch unterwegs in unserer Welt. Denn sie hatten noch ganz viel übrig von dem, was sie im Stall zusammengesammelt hatten. Licht vom Stern über Bethlehem, das eine Richtung im Leben anzeigt; Mut, aufzubrechen und die Welt zu verändern, weil die Engel gesungen haben und Freude über die Geburt und etwas Neues; das den Alltag verändert. Und wenn wir ganz leise sind und zuhören, und ganz genau hinschauen, dann können auch wir das Licht des Sternes sehen und die Worte der Engel hören. Und wenn wir dann Feste feiern, darf immer die Hoffnung bei uns bleiben, dass es doch noch Friede wird in unseren Herzen und in der Welt.

## Warum es kalt war im Stall
## oder
## Wie es kam, dass die kleinen
## Sopranengel über der
## Krippe sangen.

Geschenke! Geschenke sollte es geben zur Geburt des Sohnes Gottes, darüber waren sich die Engel einig. Und so herrschte kurz vor Weihnachten helle Aufregung im Himmel. Überall wurde gebastelt und gewerkt, überall wetteiferten die Engel darum das schönste, das tollste, das beste Geschenk zu haben. Sie würden einen der ihren hinunterschicken, mit einem großen Beutel mit den Geschenken darin, und er sollte dann die Geschenke der Engel dazu nutzen, einen Ort zu schaffen, in dem der Sohn Gottes geboren werden würde. Schön sollte dieser Ort sein, und warm und friedvoll, und wunderschöne Musik sollte ihn durchdringen. Ja, und gut riechen sollte er, das war wichtig. Und so bastelten die Engel und packten ein: Wärme, die direkt von der Frühlingssonne kam, die Farben des Regenbogens, und die Schönheit leichtdurchfluteter Natur. Eine große Portion des Friedens, der den Himmel erfüllt und den himmlischen Duft, der aus der Küche der Engel aufsteigt. Und ganz viel Musik. Noten und Rhythmen und Akkorde, vielstimmige Klänge, und kleine Pausen, die die Musik erst spannend machen.

All das verpackten die Engel und taten es in einen großen Beutel, den sie ihrem Botenengel mitgeben wollten.

Nur die kleinen Sopranengel, die kleinsten und jüngsten unter den Engeln wussten nicht so recht, was sie schenken sollten. Sie waren ja noch klein und jung und sie kannten auch erst ein einziges Lied - das sie auch noch üben mussten - und so blieb nicht viel Zeit fürs Geschenke basteln. Aber sie hatten eine Idee: Sie würden auf jener Wolke, auf der die Werkzeuge und die Reste aus der Schöpfung lagerten, nachsehen.

Denn diese Wolke war sowieso ihr Lieblingsspielplatz. Da gab es immer so tolle Sachen zu entdecken: Ein bisschen Meeresrauchen, halbe Bäume, die dann doch nicht gebraucht worden waren, ein unfertiger Vulkanausbruch, der Duft nach Maiglöckchen, solche Dinge eben. Und hier fanden sie das Geschenk, von dem sie dachten, dass es passen würde: Ein kleines bisschen, von der Schöpfung übriggebliebene Menschlichkeit.

Die erwachsenen Engel verkniffen sich das schallende Lachen, als sie das kleine, unscheinbar verpackte Geschenkchen sahen. So unbedeutend war es im Vergleich zu ihren Geschenken. Aber weil sie eben Erwachsene waren, und wussten wie man sich Kindern gegenüber benimmt, tätschelten sie die kleinen Sopranengel auf die kleinen Heiligenscheine, packten das Geschenk ganz unten in den Beutel, und schickten die Sopranengel zurück zur Probe. Dass der Allmächtige auf seinem Thron dieses Geschenk mit besonderem Interesse betrachte und zustimmend genickt hatte, das hatten sie in ihrem Weihnachtsvorbereitungsstress und in ihrem Stolz auf die schönen, teuren Geschenke nicht bemerkt.

Warum der Schöpfer bei ihren Bemühungen immer nur so geheimnisvoll lächelte, wann immer sie ihm ein neues Geschenk zeigten, aber sich sonst auffallend zurückhielt, das verstanden die Engel auch nicht so recht.

Und so machte sich dann, kurz vor jener Nacht, in der das Wunder geschehen sollte, der Botenengel mit seinem Beutel voller Geschenke auf den Weg.

Nun ist aber der Weg aus dem Himmel hinaus und aus der Ewigkeit hinunter auf die Erde und in die Zeit sehr weit. Der Engel konnte zwar schnell fliegen, aber trotzdem, er musste Zeit und Raum durchqueren. Und auf diesem Weg kam der Engel an vielen Situationen vorbei und sah viele Menschen. Am Anfang beachtete er gar nicht, was er da sah, er hatte ja ein Ziel, aber nach einer Weile begann er doch zu bemerken, was um ihn herum vorging. Und so flog er langsamer und hielt schließlich an. Es war kein schöner Ort zum Anhalten. Um ihn herum tobten Kampf und Krieg. Es schmerzte den Engel zu sehen, wie Menschen sich gegenseitig verletzten und bekämpften. Und weil Engel von Natur aus grundgute Wesen sind, öffnete er seinen Beutel und nahm ein bisschen von dem Frieden, der die Himmel erfüllt heraus. Sicher würde so eine kleine Menge nicht fehlen. Und er legte es sich auf die Hand, und blies es über die Schlacht. Und er beobachtete, wie die Menschen innehielten, wie sie ihre Waffen senkten, und im Anderen, im Feind, den Menschen sahen. Und er flog weiter.

Dann sah er einen Menschen, ganz allein, einsam. Kalt war es um diesen Menschen, da er niemand hatte, der ihn wärmen würde. Und der Engel nahm ein kleines bisschen der Wärme der Frühlingssonne und goss sie aus über dem Menschen der diese Wärme in der Umarmung eines anderen spürte. Und er flog weiter.

Er sah einen Mann, der durch Krieg und Krankheit seine Familie verloren hatte, und der verzweifelt war, und er gab ihm Noten und Akkorde und Texte, dass er Lieder schreiben könnte, so wunderschön und tief, dass die Menschen noch Jahrhunderte später singen würden „Geh aus, mein Herz und suche Freud" Und er flog weiter.

Immer öfters hielt er an, und legte einen kleinen Teil der Geschenke der Engel in die Situationen der Welt. Es war ja so viel von diesen Geschenken da. Da würde das kleine bisschen das fehlte, nicht auffallen. Ein wenig Duft der himmlischen Küche in einem Haus, das dadurch gastfreundlich wurde. Ein kleiner Funke Schönheit im Auge eines Menschen, das im Herzen Liebe erzeugte, und immer wieder, ein kleines bisschen Frieden, ein Hauch von Wärme.

Eigentlich hatte der Engel ein furchtbar schlechtes Gewissen. Es waren ja die Geschenke der Engel an den neugeborenen Sohn Gottes, die er da verteilte. Sicher, so redete er sich ein, es war ja nur ganz wenig das er weggab. Es würde ja noch mehr als genug übrig bleiben, Niemand würde etwas merken, aber irgendwie, so ganz richtig erschien es ihm nicht. Jedes Mal jedoch, wenn der Engel wieder in seinen Beutel griff um ein klein wenig der Geschenke zu verteilen, hatte er das starke Gefühl, dass Gott auf seinem Thron lächelte. Und dann fühlte sich der Engel wieder besser.

Es war spät abends, als der Engel endlich in dem Dorf ankam, in dem das Wunder geschehen sollte. Es war bitter kalt, und es wurde schnell dunkel. Auf dem Weg, nur kurz vor dem Dorf hatte er das junge Paar überholt. Der jungen Frau waren die Strapazen der Reise deutlich anzusehen, und wenn sich der Engel nicht sehr irrte, dann war es bis zur Geburt nicht mehr lange hin. Er würde sich also beeilen müssen, wenn er alles schön und warm und friedvoll herrichten wollte bis zur Geburt.

Und so stellte der Engel seinen Beutel ab, öffnete ihn und wollte beginnen. Und er erlebte den Schock seines Engelsdaseins. Der Beutel war leer. All die Geschenke, die Schönheiten, die Wärme, das Licht, alles war weg, alles war verschenkt. Er hatte gar nicht gemerkt, dass er so viel weggegeben hatte. Nichts war übriggeblieben! Womit sollte er jetzt einen Ort schaffen, in dem der Sohn des Allerhöchsten das Licht dieser Welt erblicken sollte? Wie sollte er seinen Auftrag erfüllen, einen Platz für die Geburt zu finden? Selbst wenn er Geld gehabt hätte, was Engel sowieso nicht haben: ein Blick durch das Dorf zeigte ihm, dass kein freier Raum da war, kein freies Bett weit und breit. Alles war überfüllt. Der Engel setzte sich voll Verzweiflung an eine Straßenecke und ließ die Flügel hängen. Gleich würde das junge Paar die Straße heraufkommen, und er hatte versagt. Selbst wenn er die Geschenke der Engel hätte wieder einsammeln können, nun war es zu spät. Wie sollte er sich im Himmel je wieder blicken lassen, je wieder dem Schöpfer unter die Augen treten? Und überhaupt, warum hatte der Allmächtige seine Dummheit nicht verhindert? So haderte der Engel und ließ den Kopf hängen.

Und da fiel sein Blick auf den Beutel. Ganz unten, da schien noch etwas zu sein, etwas Kleines, Unscheinbares. Als der Engel nachsah, fand er es. Es war das Geschenk der kleinen Sopranengel: Ein klein wenig, von der Schöpfung übriggebliebene Menschlichkeit. Die wilde Hoffnung, die im Engel aufgebrochen war, zerrann ihm wieder. Was sollte er denn damit anfangen? Nutzloses Geschenk kindischer Engel!

Sein Blick viel auf das Paar, das Straße heraufkam, von Türe zu Türe zog, und klopfte, und von Türe zu Türe abgewiesen wurde. Bald war nur noch eine Herbere, übrig, und auch sie war voll. Sie würden wieder eine Absage hören, das wusste der Engel. Doch in diesem Moment wusste er auch, was er tun konnte. Und so flog er, mit dem kleinen Stückchen Menschlichkeit in der Hand auf unhörbaren Engelsschwingen in die Herberge. Und er legte dieses kleine bisschen Menschlichkeit in das Herz des Herbergswirtes.

Es hatte geklopft, am Abend dieses hektischen Tages, und eigentlich hatte der Wirt das Paar, das da vor ihm stand, die junge Frau hochschwanger auch noch, nur unfreundlich anschreien wollen. Ausgebucht sei er, und sie sollen ihn in Ruhe lassen, hatte er schimpfen wollen. Aber da war etwas Seltsames passiert. Tief in seinem Herzen war etwas geschehen, hatte sich etwas getan, und so sagte er: „Ja, da ist Platz im Stall, ich bringe Euch etwas Warmes zum Essen, und Decken, und Windeln für das Kleine, wenn es dann da ist." Es war kalt im Stall, der eigentlich nur eine kleine Hütte war, ein Anbau an der Herberge, mehr nicht, windschief, zugig, stinkig, hässlich. Aber irgendwie hatte der Engel das Gefühl, dass es richtig so wäre. Und er stand dabei, als Maria ihren erstgeborenen Sohn gebar, gerade so, wie er es ihr neun Monate vorher angekündigt hatte.

Im Himmel hatten die Engel seinen Weg beobachtet. Eingreifen wollten sie, verhindern dass er alles weggab. Laut rufen, etwas tun wollten sie. Die Flügel hoben sie sich vor die Augen und die Engelshaare rauften sie sich, und sie bissen in ihre Heiligenscheine vor lauter Aufregung. Aber der Herr auf dem Thron hatte ihnen strikt verboten einzugreifen. Die Engel verstanden das nicht, und noch viel weniger verstanden sie, dass der Herr bei jedem Mal, wenn der Engel wieder etwas weggegeben hatte, zustimmend genickt hatte und lächelte. Es würde eine Katastrophe geben, hatten sie gedacht, und es hatte atemlose Stille geherrscht in jenen letzten Minuten vor der Geburt im Stall. Eine Stille, die durchbrochen wurde von der begeisterten Freude Gottes, als er sah, was der Engel mit dem Geschenk der Menschlichkeit tat.

Und auf einmal da herrschte Aufregung im himmlischen Thronsaal. Die kleinen Sopranengel sollten kommen! Und sie sollten fliegen, schnell wie der Wind und das Licht und die Freude, hinunterfliegen zur Krippe. Und singen sollten sie, singen, das was sie geübt hatten, Gott selber zeigte ihnen die Abkürzung , die direkt hinter seinem Thron begann und zum Stall führte, und die kleine Engel flogen so schnell ihre kleinen Flügel es zuließen! Sie schwärmten aus über dem Stall und sangen, wie noch nie zuvor Engel gesungen hatten, und ihre hellen, klaren Stimmen klangen in der Nacht über die Felder, hin zu den Menschen, die es hören konnten, den Hirten auf den Feldern. Und sie sangen zur Ehre dessen, der dort im Stall geboren war, dem, den die Menschen „Emmanuel" nennen würden, „Gott mit uns". Und sie sangen „Ehre sei Gott in der Höhe, und Friede den Menschen auf Erden!" und der Gesang erklang, als die Hirten kamen, und die fremden Weisen, und die Menschen, um anzubeten.

Und so kam es, dass es im Stall kalt und zugig war, dass Jesus von Nazareth in einer Krippe lag und nicht in einem von den Engeln gebauten Palast, und dass die kleinen Sopranengel das Lob Gottes sangen, in jener Nacht in Bethlehem

Und was wurde aus den Geschenken des Engels, werdet ihr fragen? Nun, er hatte einen weiten Weg gemacht, durch Zeit und Raum, und er hatte vieles verschenkt. Und wenn wir heute hinaussehen, und die Schönheit des Himmels und eines Sonnenaufganges bewundern; wenn wir Gottes Lob in der Melodie eines Weihnachtsliedes hören; wenn wir den Duft einer Mahlzeit riechen, zu der Freunde und Fremde eingeladen sind; wenn wir die Wärme einer Umarmung spüren; wenn wir einsam und in der Kälte sind: dann erleben auch wir ein klein wenig der Geschenke aus dem Beutel des Engels.

Das wichtigste Geschenk von allen aber, das Geschenk das alles veränderte und doch noch zum Guten wendete, das war das Geschenk der kleinen Sopranengel: Ein klein wenig Menschlichkeit, die unsere Augen und unsere Herzen öffnet für die Not und die Armut anderer und die uns die Kraft gibt, die Türen in unserer Welt aufzustoßen.

## Wie der kleine Engel und der Kleine Stern
## den perfekten Ort für die Geburt Jesu suchten.

Keiner hatte Zeit für die Beiden, keiner wollte mit ihnen spielen und immer wieder hörten sie nur: geht aus dem Weg! Könnt ihr nicht wo anders spielen? Seid nicht so laut, ich muss mich konzentrieren! Und mithelfen lassen wollte sie auch keiner. Es war so ungerecht! Nur weil sie noch so klein waren, durften sie nie mitmachen, wenn etwas spannendes passierte! Die großen Engel waren einfach nur gemein! Der kleine Engel und der kleine Stern waren beleidigt! Und nun saßen sie auf einer Wolke, etwas abseits vom allgemeinen Trubel und schauten zu, wie die großen Engel den ganzen Himmel auf den Kopf stellten und planten und schafften und werkelten. Die großen Engel waren einfach blöde! Darin waren sich der kleine Engel und der kleine Stern einig. Sie waren sich ja sowieso praktisch immer einig, die Beiden. Seit Ewigkeiten schon waren sie die dicksten Freunde, vor allem wenn es darum ging, im Himmel irgendwelchen Unsinn anzustellen. Aber jetzt war es einfach nur zu hektisch und aufgeregt und ihnen war nicht einmal danach, irgendwelche Streiche anzustellen. Mithelfen wollten sie! Ja, irgendetwas machen, das wollten sie! Es sei so eine wichtige Zeit, hatten die großen Engel immer wieder gesagt, und alles müsse absolut perfekt sein, und toll und wunderbar! Die beiden verstanden zwar nicht ganz genau, was so

Wichtiges passieren sollte, aber die großen Engel waren ganz aus dem Häuschen vor lauter Aufregung. Es sei kurz vor Weihnachten, hatten sie immer wieder gesagt, was auch immer das bedeuten sollte. Es musste irgendwas ganz Neues sein, aber der kleine Engel und der kleine Stern hatten die komplizierten Erklärungen der Ober-Theologen-Engel nicht wirklich verstanden. Bei Weihnachten würde es um die Inkarnation gehen, hatten die gesagt, also ob das irgendwie helfen würde!

Jedenfalls herrschte helle Aufregung im Himmel kurz vor Weihnachten, dem Weihnachten, dem aller ersten, dem originalen, Weihnachten! Bald sollte es so weit sein, dass Gottes Sohn als Mensch unter Menschen auf der Erde geboren werden würde. Die himmlischen Heerscharen fieberten dem Ereignis entgegen, seit bekannt geworden war, dass das große Ereignis bald bevorstehen würde. Und jetzt sollten es wirklich nur noch ein paar wenige Wochen dauern. Nicht dass Zeit eine Rolle gespielt hätte, im Himmel, aber gut informierte Kreise berichteten, dass der Erzengel Gabriel gerade heute in besonderer Mission auf der Erde unterwegs war, um eine der wichtigsten Vorbereitungen zu treffen. Von jetzt an sollten es noch genau neun Monate dauern bis zur Geburt. Die älteren Engel, die dieses Gerücht hörten, nickten weise, verständig und zustimmend. Aber immer wenn der kleine Engel die großen Engel fragte, was das denn heißen sollte, wurden die nur schamrot, und wollten nicht erklären, was es denn nun genau mit diesen neun Monaten auf sich hätte. Und auch die großen Sterne und Planeten und Sonnen funkelten nur ganz geheimnisvoll. Der kleine Stern war ganz rot vor Wut geworden, hatte aber auch nichts herausgefunden.

Nur so viel hatten sie dann doch irgendwann mitbekommen: Gott selber wollte auf die Erde gehen, wollte wie ein Mensch geboren werden, und für eine Weile dort unten, bei den Menschen sein. Und sie hatten auch verstanden, dass das etwas ganz Besonderes sein würde und Grund genug für ein großes Fest.

Überall im Himmel konnte man kleinere und größere Grüppchen von Engeln in aufgeregten Diskussionen herumschweben sehen und es gab natürlich nur ein Thema: Die Geburt des Erlösers und wie und wo sie stattfinden sollte und wie und wo sie gefeiert werden würde. Denn dass das die Feier und Party der Ewigkeit werden würde, darüber waren sie sich alle einig.

Nicht einig waren sich die Engel allerdings über die Details dieses Festes, aber alle hatten sie Ideen und Pläne: Die himmlischen Kompositionsengel hatten sich auf eine etwas abgelegene Wolke zurückgezogen und waren schon fleißig dabei, mehrere Geburtstagshymnen, ein Geburtstagsoratorium, und eine Geburtstagssymphonie zu komponieren. Die für Experimentalmusik zuständigen Engel hatten sich mit den Special Effekts Engeln zusammengetan, und arbeiteten mit Schöpfungsdonner, Sphärenklängen und dem Chor der Tierstimmen der Arche Noah. Allgemein herrschte allerdings die Meinung, dass sich dieses

Werk für die Geburt eines kleinen Kindes nicht wirklich eignen würde. Viel heftiger wurde aber diskutiert, wo das Konzert denn stattfinden sollte. Eine simultane Aufführung in sämtlichen Heiligtümern der Welt, war eine der Möglichkeiten, die diskutiert wurden. Einzelne, kleinere Gruppen, die in sämtlichen Dörfern und Städten Israels auftraten, war eine andere Möglichkeit. Der kleine Engel hatte versucht, sich in das Orchester einzuschleichen, war aber schon bei der ersten Probe entdeckt worden und rausgeflogen. Nicht einmal Triangel wollten sie ihn spielen lassen! Er war den Tränen nahe gewesen.

Die Himmlische Hauptverwaltung für Sterne und andere Leuchtkörper hatte die weitereichensten Ideen, die wirklich spektakulär werden würden: Der Sternenhimmel als leuchtendes Feuerwerk, begleitet von einer Feuerwerksmusik des himmlischen Orchesters: Kometen und Fixsterne die zur Geburt leuchten und fliegen und sich drehen sollten! Und dann, im großen Finale, sollten sie den Namen des Gottessohnes in himmelhohen, feurigen Buchstaben an die Himmelskuppel malen. Ein ganzes Sternen-Himmel-Ballett! Aber der kleine Stern hatte schon ganz am Anfang sehr deutlich gesagt bekommen, dass er dafür noch viel zu klein war, und nein, er dürfte auch nicht hinten in der letzten Reihe dabei sein, er würde nur wieder alles durcheinanderbringen. Mit geknickten Strahlen war er weggeflogen, die großen Sterne waren alle doof!

Die Gewerkschaft der Tierpfleger-Engel diskutierte heftig die Liste der wilden und gezähmten Tiere, die nach der Geburt erscheinen sollten, um den menschgewordenen Gottessohn die Huldigung der Natur zu bringen. Seit der Geschichte mit der Arche Noah und dem eindrucksvollen Aufmarsch der Tiere hätte es keine solche Konferenz der Tiere mehr gegeben. Die Logistik wäre immens, vielleicht müsste man sogar auf Leiharbeitskräfte zur Abdeckung der Arbeitsspitzen zurückgreifen müssen.

Während all das passierte, saßen der kleine Engel und der kleine Stern auf ihrer Wolke und schmollten. Sie hatten einander erzählt, wie die erwachsenen Sterne und Engel sie einfach nicht mithelfen lassen wollten, hier im Himmel. Sie waren sich einig gewesen, wie die beiden es ja immer waren, dass die Erwachsenen nur, nun, eben… erwachsen waren. Dabei ging es doch um ein Kind! Soviel hatten sie doch verstanden! Ein Kind sollte geboren werden, dort unten auf der Erde, und da sollten sie beide, als kleiner Engel und kleiner Stern, doch ganz vorne mit dabei sein. Als Kinder-Schachverständige sozusagen. Was wussten denn Erwachsene schon von Kindern? Alle waren sie nur damit beschäftigt im Himmel Sachen vorzubereiten und keiner dachte an das Kind dort unten auf der Erde, irgendwo, wo auch immer es geboren werden sollte.

Die beiden schauten einander an. Wie immer hatten sie genau den gleichen Gedanken! Das war die Idee! Und es würde ein tolles Abenteuer werden! Sollten die Großen doch machen was sie wollten! Sie beide, der kleine Engel und der kleine Stern, würden losfliegen und den absolut besten, schönsten, sichersten, wunderbarsten und oberperfektesten Ort finden, an dem das kleine Kind, der Sohn des Allerhöchsten, geboren werden könnte. Ja, genau das würden sie tun, und dann würden sie zurückkommen und es den Engeln und den großen Sternen sagen, und alle würden begeistert sein und sie loben, weil sie so einen wichtigen Teil der Vorbereitungen erledigt hatten, an den kein anderer gedacht hatte!

Es war für die beiden in der allgemeinen Hektik dann auch gar kein Problem gewesen, sich heimlich aus dem Himmel zu schleichen. Beim Spielen hatten sie im Laufe der Zeit einige versteckte Ein- und Ausgänge gefunden, so dass sie gar nicht durch das große, goldene Tor fliegen mussten. Und so zwängten sie sich durch einen kleinen Spalt zwischen ein paar Wolken und schon waren sie ganz nah über der Erde dahingeflogen. Keiner hatte etwas bemerkt, super! Dass Gott auf seinem Thron natürlich alles sah, und lächelnd hinter ihnen her schaute, daran hatten sie nicht gedacht. Selbst Engel und Sterne vergessen manchmal, dass Gott immer ein liebevolles Auge auf jede und jeden hat.

Wow, war diese Welt groß! Sie waren ja die Unendlichkeit des Himmels gewohnt gewesen, aber diese Erde, das war ja der Wahnsinn! So viel zu sehen, so viele Orte und Plätze und Tage und Stunden! Es ist ja so, dass die Engel im Himmel in Gottes Ewigkeit außerhalb von unserer Zeit leben. Sie können daher nicht nur von einem Ort zum anderen fliegen, sondern auch von einer Zeit in die andere. Und für die Sterne galten sowieso ganz andere Zeiteinheiten. Tage und Stunden waren viel zu kurz für Sterne, die in Jahrmillionen dachten. Und so hatten sich der kleine Engel und der kleine Stern bald total verlaufen auf der Welt und in ihrer Zeit.

Aber das war ihnen völlig egal! Wie toll das hier unten war, und wie viel es zu sehen gab! Da würde es bestimmt gar kein Problem geben, einen passenden, superperfekten Ort zu finden, zu einer tollen, schönen Zeit, wo die Geburt würde stattfinden können.

Doch so einfach war es gar nicht, wie sie es sich zuerst vorgestellt hatten. Einer der ersten Orte, an dem sie anhielten schaute gleich auf den ersten Blick ganz gut aus. Es war hell und sauber und warm, und es waren ganz viele Menschen da. Das war wahrscheinlich recht wichtig, dachte sich der kleine Engel. Die Menschen sollten ja mitbekommen, was da passierte. Ja, dieser Ort schien gut zu sein. Im Hintergrund konnte er Musik hören, das gefiel ihm. Und auch der kleine Stern fand es hier toll. Er flog durch die Gegend, und überall konnte er sich in glitzernden und funkelnden Kugeln und Girlanden und Schmuck spiegeln. Ja, und es gab so viel zu sehen und zu entdecken und zu spielen. Ein perfekter Ort für ein kleines Kind. Sie waren sich einig: sie hatten gleich auf Anhieb den richtigen Ort gefunden.

Aber dann schauten sie sich die Menschen an. Irgendwie war es hier genauso wie im Himmel: Voller Hektik, und herumrennen und vorbereiten. Und keiner der großen Menschen schien Zeit für die kleinen Menschen zu haben, obwohl sie immer wieder sagten, sie würden Geschenke für die Kinder kaufen. Auf den Gesichtern konnte der kleine Engel die Anstrengung sehen, und die Müdigkeit der Menschen. Ihren Frust bei der Arbeit, ihre Sorge in der Welt, die nicht nur für einen Engel zu schnell und kompliziert war, sondern sogar für die Menschen. Er konnte sehen, dass sie miteinander wetteiferten, wer das Beste, das teuerste, das aufwendigste Geschenk kaufen würde, und sie planten schon jetzt etwas, was sie „Umtauschen nach den Feiertagen" nannten. Und sie hatten Angst davor, wieder hierher in das Einkaufszentrum kommen zu müssen. Je genauer der kleine Engel und der kleine Stern hinschauten, desto mehr sahen sie, dass hier doch nicht der rechte Ort für eine Geburt sein würde. Nein, hier nicht.

Es war der kleine Stern, der dann einen viel besseren Ort fand. Hier herrschte Frieden, es war wunderbar! Tiefer Schnee lag auf den Tannenbäumen, das Licht des kleinen Sternes brachte die Eiszapfen zum Leuchten und die Schneeflocken zum Glitzern. Und wenn er sich anstrengte, dann konnte er ganz tolle Farbmuster auf den schneeweisen Schnee werfen, dass die Berghänge nur so glitzerten. Stille, friedliche Nacht lag über dem verschneiten Bergwald, und auch der kleine Engel war begeistert: als Engel konnte er natürlich auch die Musik der Nacht hören, die Töne der Stille und den Rhythmus der Ruhe. Es war wunderbar, und für eine Weile saß er nur da und lauschte atemlos durch die Nacht. Aber nachdem die beiden da eine Weile gesessen hatten merkten sie, dass hier etwas fehlte. Es waren keine Menschen da. Niemand. Keiner. Der kleine Engel verstand schließlich als erster, dass es zwar immer wieder Menschen geben würde, die sich in die Einsamkeit zurückziehen würden, die lernen würden, die Musik der Schöpfung in der Stille zu hören und die Gott hier, im Frieden der Natur, suchen und finden würden. Aber es würden nur wenige sein, die es dann auch tatsächlich tun würden. Wie die Engel und die Sterne waren auch die Menschen gerne in Gemeinschaft, und die Geburt würde irgendwo stattfinden müssen, wo die Menschen auch hinkommen könnten.

So flogen sie weiter, und suchten Orte, wo viele Menschen zusammenkamen. Aber irgendwie war es immer wieder das gleiche Problem: Wo viele Menschen zusammenkamen, da wurde es entweder furchtbar hektisch, und aufgeregt und laut. Oder es wurde aggressiv. Weder der kleine Stern noch der kleine Engel verstanden das: kaum waren viele Menschen zusammen, da gingen sie schon aufeinander los. Sie waren so toll unterschiedlich, diese Menschen. Sie hatten so viele verschiedene Farben und Formen und Lebensweisen, viel unterschiedlicher als die Engel oder die Sterne. Aber anstatt sich daran zu freuen, sammelten sich kleine Grüppchen von ihnen, die einander recht ähnlich waren, und dann fingen sie Streit an mit einem anderen Grüppchen, das ein bisschen anders aussah, sprach, roch oder sich anders anzog als die anderen. Praktisch überall wo die beiden hinflogen, fanden sie solche Streitplätze. Manchmal waren es nur kleine Streite, die Menschen in einem Haus gegen die Menschen im anderen Haus, aber oft waren es ganz viele, die mit Waffen und mit Gewalt aufeinander losgingen. Mehr als einmal kamen sie nur mit knapper Not wieder davon, der kleine Engel mit zerzausten Flügeln und der kleine Stern mit zerknickten Strahlen. Und selbst da, wo die Menschen sich eigentlich ganz auf Gott konzentrieren wollten, wo sie sangen und beteten und versuchten auf Gott zu hören: da fanden der kleine Engel und er kleine Stern immer wieder das gleiche Misstrauen, die gleiche Angst und die gleiche Hektik wie überall sonst auch. Die Beiden verstanden diese Menschen einfach nicht: Sie hatten doch so viele Möglichkeiten, konnten so viel tun! Sie konnten sich lieben, wie die Engel einander lieben und sie konnten strahlen und leuchten wie es die Sterne tun. Und manchmal taten sie das auch, das waren dann ganz besondere, schöne Momente. Aber immer wieder kamen ihnen ihre Hektik und ihr Streit dazwischen.

Schließlich saßen die Beiden geknickt und mutlos unter einem Baum in einem Land, in dem Gott schon so oft zu den Menschen gesprochen hatte. So viele Prophetinnen und Propheten hatten hier auf Gott gehört und immer wieder seinem Volk von Gott erzählt. Aber auch hier war es nicht besser als anderswo. Im Gegenteil. Hier, wo das Land eigentlich ein Heiliges sein sollte, da war es oft ganz besonders schlimm. Sie hatten durch die Zeiten geschaut: Es waren praktisch immer irgendwelche Armeen unterwegs, die Menschen mussten immer wieder vor bösen Menschen fliehen, die die Macht hatten und die andere Menschen unterdrücken wollten. Oder die Menschen flohen hierher, weil sie vertrieben wurden und ausgegrenzt, und anstatt daraus zu lernen, machten sie das gleiche mit anderen. Selbst wenn es keine Armeen waren, die aufeinander losgingen, dann hassten sie sich, weil sie ein kleines bisschen anders an Gott glaubten und weil sie einander nicht gönnten, dass Gott auch die anderen lieb haben könnte. Als ob Gott nicht genug Liebe für alle hätte. Sie waren ganz verzweifelt. Der kleine Engel ließ die zerzausten Flügel hängen, und der Stern war ganz matt geworden und glitzerte gar nicht mehr schön.

Plötzlich wurde es ganz hell sie herum, und einer der ganz großen Engel stand da. O-oh… sie waren erwischt worden. Und auch noch vom Ober-Erz-Engel Gabriel persönlich! Sicher würden sie jetzt auch noch ganz schlimm geschimpft werden. Aber das war auch egal. Nach allem, was sie gesehen und gehört hatten hier unten auf der Erde, konnte es nicht noch schlimmer werden. Aber statt zu schimpfen lächelte Gabriel nur und sagte: „Auf, ihr beiden, was sitzt ihr denn hier so traurig rum? Wir haben im himmlischen Thronsaal alles mit angesehen. Es war ja von Anfang an klar gewesen, dass wir die Geburt des Erlösers nicht so machen würde, wie die meisten Engel das gerne hätten. Oh, diese Engel, sie werden es nie lernen, dass die Menschen so ganz anders sind, als wir dort oben im Himmel. Im Himmel ist alles perfekt, und wunderbar und friedlich, auch wenn wir alle zusammen sind. Hier unten auf Erden ist das ganz anders. Und deshalb waren wir auch so froh, als wir gesehen haben, dass ihr beiden losgeflogen seid, um Euch die Erde mal direkt vor Ort anzuschauen. Ihr habt so viel gesehen, nicht wahr? Und einen himmlischen, engelhaft perfekten Ort habt ihr nicht gefunden, stimmt´s?" Der kleine Engel nickte niedergeschlagen und der kleine Stern blitzte kurz zustimmend auf. Sie hatten so sehr gesucht, aber nichts gefunden. Stattdessen saßen sie nun hier, in dieser Zeit und an diesem Ort, und perfekt war etwas total anderes. „Aber genau hier und heute soll es passieren!" sagte Gabriel.

Hier? Heute? Der Stern und der Engel sahen einander an. Es war kalt und dunkel. Die Zeiten waren gefährlich, es waren Menschen auf der Flucht, Soldaten hatten die Macht, und ein grausamer König regierte das Land. Die Menschen glaubten zwar etwas, aber ihr Glaube war immer wieder unterbrochen von Zweifeln und Zögern und

Mutlosigkeit. Und selbst das Wetter war schlecht. Es herrschte Winter, aber eher dieser graue nasskalte Schmuddelwinter, wo einem die Kälte in die Knochen kriecht und nicht dieser strahlende Schneegebirgswinter, der so schön ausgesehen hatte. Und hierher wollte Gott geboren werden? Ernsthaft?

„Ja, ganz ernsthaft", antwortete Gabriel. „Wisst ihr, Gott will bei den Menschen sein, und das heiß eben auch, dort zu sein, wo die Menschen sind. An ihrem Ort, in ihrer Zeit und in ihrer Realität, die oft einfach dunkle Nacht ist. Aber diese eine Nacht, sie soll eine ganz Heilige sein. Und daher brauchen wir Euch beide. Ihr habt die Welt gesehen, in all ihrer Schönheit und mit all ihren Problemen. Und ihr beide sollt nun auch losgehen und die Menschen einladen, in der Heiligen Nacht. Ich bin sicher, ihr könnt das tun. Ihr wisst, wen und wie ihr rufen müsst." Er lachte hell auf: „Es ist nämlich so, dass wir Erwachsenen oft viel zu sehr mit unseren eigenen Plänen beschäftigt sind und so voller Angst, dass es schief gehen könnte, dieses ganze Fest. Daher haben wir Engel beschlossen haben, es Euch Kindern zu überlassen, wer zur Geburt kommen soll um dieses Fest zu feiern. Seht ihr, dort drüben, den Stall? Da wird jetzt gerade der Heiland geboren. Und nun lauft und holt, wen ihr einladen wollt."

Der kleine Engel und der kleine Stern konnten es kaum glauben: Wirklich? Sie sollten für die Geburtstagsparty sorgen? Ernsthaft? Offensichtlich meinte es Gabriel ernst, denn er war schon wieder weggeflogen. Aber das war egal, die Beiden wussten genau, was sie tun wollten. Wie immer waren sie sich auch ohne Worte einig! Und so flog der kleine Stern durch die Zeit und in die Ferne. Er würde drei weise Männer suchen, und sie rufen. Es sollten drei weise Könige sein, von weit her. Zum einen, damit sie ein paar Geschenke mitbringen konnten. Geschenke müsste es auf jeden Fall geben. Aber wichtig wäre, dass sie seinem Licht folgen würden, und eben nicht irgendwelchen Worten. Die weisen Männer müssten verstehen lernen, dass man manchmal ganz überraschende Wege gehen muss. Dass man vielleicht nur dem Licht eines Sternes folgen kann, und eben nicht nur dem tiefen Verstehen. Sie würden ein Abenteuer des Lebens erleben, und Gott in einem Stall finden, mitten unter den Menschen. Ah, das würde ein Spaß werden, die dummen Gesichter der drei Weisen zu sehen, wenn sie es endlich verstehen würden. Und vor lauter Vorfreude und lachen begann der kleine Stern hell und wunderbar zu strahlen.

Und auch der kleine Engel wusste, wo er hinwollte. Er flog einfach durch die Nacht hinüber zu den Hirten, die da, gar nicht weit weg, bei den Schafen waren. Und weil er genau wusste, was er machen würde, strahlte ein bisschen der Sicherheit und der Freude der Engel und des Himmels von ihm aus. Er würde gar nicht viel sagen. Nur, dass sie keine Angst haben sollten. Und dass sie kommen dürften, so wie sie waren. Mit allem, was sie mitbrachten. Mit ihrer Hoffnung und ihren Freuden genauso wie mit all den Fragen, den Zweifeln und den Konflikten. Und sie würden verstehen, dass Gott zu ihnen gekommen war, und damit zu allen Menschen. Sie würden es herumerzählen, und manche Menschen würden verstehen was das bedeutet: Dass keine Sorge notwendig war, und keine großen Vorbereitungen und dass sie nicht erst die ganze Welt verändern müssten, sondern dass diese Geburt schon eine Veränderung sein würde. Dass durch diese Geburt Gottes Friede immer wieder da sein würde, so oft die Menschen auch wieder anfangen würden zu streiten. Dass diese Nacht heilig sein würde, auch wenn sie nicht so aussehen würde wie auf bunten Weihnachtskarten, sondern sie war heilig, weil es eine ganz normale Nacht in der Welt der Menschen war.

Und so waren der kleine Engel und der kleine Stern dann doch noch mitten dabei, beim Fest von Weihnachten. Sie waren bei den Hirten und den Weisen, und sie schwebten mit allen anderen Engeln über dem Stall und der Krippe. Und die beiden stimmten ein in den Gesang der Engel und der Sterne. Und sie waren sich sicher: Sie sangen wegen der Geburt des Erlösers, aber auch weil ein paar Menschen da waren: Hirten, ohne Furcht in der Nacht, und Weise, die einem Stern gefolgt waren. Hirten, die singend von hier weggehen würden, und Weise, die genug Vertrauen haben würden, auf einen Traum zu hören.

Und so stimmten sie ein in das Lied das durch die Himmel schallt und in jener Nacht auch auf Erden zu hören war: Ehre sei Gott in der Höhe und Friede auf Erden bei den Menschen seines Wohlgefallens.

## Und noch eine Geschichte -
## und sogar mit einer Einleitung!

So ein Engelsleben kann ja schon sehr langweilig sein, stelle ich mir vor. Den ganzen Tag sitzen sie auf fluffigen Wolken, in ewigem Frühlingssonnenschein, lächeln sich engelhaft an und singen das Loblied Gottes. Sie lassen ihre Engelsbeine über die Wolkenränder baumeln und eigentlich passiert im Himmel nicht viel. Außer, wenn sich hier unten auf der Erde mal wieder ein Pfarrer eine Geschichte ausdenkt, über diese Engel. Wo er für Weihnachten oder für die Taufe eines kleinen Kindes sich wieder einmal ausmalt, wie das sein könnte, dort oben im Himmel, bei den Engeln. Was passieren würde, wenn sie ein bisschen menschlicher wären, ein bisschen mehr wie du und ich. Wenn das passiert, dann herrscht dort droben wieder helle Aufruhr. Dann schlagen die Engel ganz aufgeregt mit ihren Flügeln, raufen sich das Engelhaar, und beißen in ihre Heiligenscheine, dass es nur so eine Pracht ist. Denn so geht das ja gar nicht! Dass sie albern oder unsicher seien, oder womöglich irgendetwas machen könnten, was nicht ganz perfekt ist! Und wenn es bei den Engeln nur halb so schlimm ist wie in der irdischen Verwaltung, dann setzen sich die Verwaltungsengel sofort wieder hin, und schreiben eine Beschwerde an die Himmlische Verwaltungsbehörde für irdische Pfarrer, Abteilung Predigtbeurteilungen, und beschweren sich einmal wieder. So könne das natürlich gar nicht gehen, wo habe der denn das Predigen gelernt, und überhaupt! Und die himmlische Personalakte wird wieder um einen

Eintrag dicker. Und die Engel beschließen, dass ein Botenengel mit einer schriftlichen und ausdrücklichen Verwarnung hinuntergeschickt wird, und er soll auch gleich einen Werbeprospekt mitnehmen, der schön und deutlich zeigt, wie es wirklich ist im Himmel, nämlich ruhig und friedlich und eben engelmäßig perfekt.

Aber weil nun einmal die Engel Geschöpfe der Liebe und Güte und Gnade sind, direkt entsprungen dem unendlich liebenden Denken und Fühlen Gottes, bringen sie es immer wieder nicht über ihr Herz, tatsächlich loszufliegen, und den kleinen Pfarrer da unten abzumahnen, der sich am Samstagmittag daranmacht, eine Taufpredigtgeschichte zu schreiben. Eine Geschichte, die keine lustige Weihnachtsgeschichte ist, sondern vom Werden und Vergehen des Lebens erzählt, vom Verlust und der Trauer. Die aber trotzdem auch nicht den Trost und den Zuspruch vergisst, die uns geschenkt sind.

Und so hat es vielleicht im Himmel gerauscht vor lauter Engelsempörung, an jenem Nachmittag.
Und ich habe mir ausgedacht, wie das wohl aussehen könnte, wenn es einem kleinen Engel zu perfekt und zu engelsgleich langweilig geworden wäre im Himmel. Es ist eine Geschichte, die ich mir ausgedacht habe.

Aber vielleicht ist sie ja genau so passiert.

## Wie sich ein kleiner Engel aufmachte, weil es ihm im Himmel zu langweilig geworden war

Er langweilte sich fürchterlich, der kleine Engel. Er war einer dieser kleinen, pummeligen Engel, mit dicken Backen und kleinen Engelsflügelchen, die hektisch flatterten, wenn er von einer Wolke zur anderen flog. Seit er aus einem liebenden, bunten und kreativen Gedanken Gottes entstanden war, war alles immer gleich gewesen im Himmel. Von Ewigkeit zu Ewigkeit priesen sie Gott, das Wetter war immer genau richtig, und die Wolken weich und flauschig. Die Harfen, Trompeten und Posaunen waren immer frisch geputzt und Ton-genau gestimmt. Die Engel waren untereinander freundlich, und auch wenn es nicht nur weiße Engelsflügel und Engelsgewänder gab, sondern sie alle in unterschiedlichsten Farben des Regenbogens leuchteten und schillerten und glitzerten, so war auch das irgendwann langweilig geworden. Jedenfalls für den kleinen Engel. Er wollte Aktion, Aufregung, Abenteuer! Er wollte dass etwas passierte, dass er überrascht werden würde, er wollte um die nächste Ecke schauen, er wollte etwas erleben! Denn selbst drüben, im Paradies, das die Menschen sich selber verschlossen hatten, gab es nicht wirklich viel zu erleben. Die Schafe lagen bei den Wölfen, die Narzissen und die Tulpen auf dem Felde blühten, schöner als Salomonis Seide, die Lerchen und die Nachtigallen sangen, dass es nur so eine Lust war, und der schnelle Hirsch und das leichte Reh sprangen und hüpften durch das grüne Gras…

Gott, wie langweilig! Da musste doch mehr sein, dachte sich der kleine Engel.

Und so nahm er eines Tages all seinen Engelsmut zusammen, schüttelte sein Engelsgewand aus, polierte den Heiligenschein auf seinem Kopf und trat nach dem täglichen Engelskonzert vor Gottes Thron. Nun, für uns Menschen hier unten wäre das natürlich ein großes Ding, so einfach mal vor den Thron Gottes hinzutreten, aber in der Ewigkeit, in der Unendlichkeit von Gottes Gegenwart und für Engel war das eine recht normale Sache. Gott war ja mitten unter ihnen, genauso, wie es einmal sein wird, auch für uns Menschen. Jedenfalls stand der kleine Engel da, räusperte sich und sagte: „Du, lieber Gott, darf ich dir was sagen? Ich langweile mich fürchterlich, hier oben. Darf ich mir den Rest der Schöpfung anschauen?" Die anderen Engel waren sprachlos. So was hatte es ja noch gar nicht gegeben! Dass ein Engel aus der Perfektion des Himmels heraus wollte, da runter, wo alles so…. un-perfekt war und so…. menschlich! Sofort begannen sie zu tuscheln, und mit den Flügeln zu rauschen.

Gott schaute den kleinen Engel an und schwieg einen Moment. Nun ist es ja schon ganz schön heftig, wenn Gott zu einem spricht, aber wenn Gott mit einem schweigt, dann ist das nur sehr schwer zu ertragen. Nach einer Weile, die sich wie die halbe Ewigkeit anfühlte, und der kleine Engel schon ganz nervös wurde, sprach Gott. „So, du willst also in die Schöpfung hinein fliegen. Weißt du denn, wie gefährlich das ist? Hier oben im Himmel bist du sicher, geborgen in meiner Liebe, aber dort drüben, in der Schöpfung, da sind die Dinge nicht so einfach. Da weiß niemand so genau, was von einem Moment auf den anderen passiert. Da kann sich alles von jetzt auf nachher verändern. Da scheint nicht immer die Sonne und da ist es manchmal auch kalt und dunkel. Die Schöpfung ist nicht immer nett zu sich selber, und die Geschöpfe, oh je, von denen will ich gar nicht erst reden. Ich weiß nicht, ob das der richtige Platz für einen kleinen Engel ist. Weißt du, ich habe die Schöpfung und meine Geschöpfe extra so gemacht, weil ich ihnen, besonders den Menschen, Freiheit geben wollte. Nicht wahr, du verstehst nicht ganz, was das ist, „Freiheit" aber sie ist ein wichtiger Teil der Schöpfung. Ohne sie würde sie nicht funktionieren. Und deshalb haben die Menschen auch so eine dicke Haut und die Fähigkeit wieder zu heilen, wenn sie verletzt worden sind. Ich weiß nicht, ob ein kleiner Engel das auch könnte. Ganz ehrlich: Eigentlich will ich dich nicht hinausziehen lassen in die große, weite Welt."

Der kleine Engel schaute Gott mit großen, traurigen Augen an und Tränen sammelten sich darin. Er wollte doch so gerne hinüber in die Schöpfung fliegen! „Gut", sagte Gott, „Dann flieg mal los. Ich werde hier auf dich warten, und mir Sorgen machen. Und ich freue mich schon darauf, wenn du wiederkommst".

Der kleine Engel strahlte vor Freude und flog einen Looping. Und während er sich noch bedankte, flog er schon los, damit es sich Gott nicht noch einmal anders überlegte. Und so schwebte er, vom

Ewigen Himmel durch das Paradies hindurch, mitten hinein in die Schöpfung.

Wow, war das toll hier! Ganz unterschiedliche Wolken, und der Wind blies, aus verschiedenen Richtungen, und da unten, da war das Meer. Oh, wie schön es im Sonnenschein glitzerte! Mit einem Jauchzer ließ sich der kleine Engel hineinplumpsen, und flog unter Wasser weiter. Oh, das war ja richtig kalt und erfrischend hier. Er flog Slalom durch Sonnenstrahlen hindurch, die die Meeresoberfläche durchbrachen, spielte mit den Fischschwärmen, die glitzernd ihren Weg zogen, und tauchte mit den ganz großen, alten Walen hinunter in die dunklen Tiefen.

Es war so spannend, und beinahe tat es ihm leid, als er merkte, wie es im Wasser doch recht kalt war und seine Lippen blau wurden. Er flog weiter, und kam an die Küste, wo der Strand in Dünen überging, und schließlich in dichten Wald. Oh, war das spanend! Jeder Baum war anders, und es roch so gut, nach frischem Gras und vermodertem Laub, und da drüben gurgelte und plätscherte eine Quelle und der kleine Engel wusste gar nicht, wo er zuerst hinschauen und hinhören sollte.

Auf einmal aber geschah etwas Seltsames. Das Licht veränderte sich. Es ging irgendwie weg. Und als er sich umschaute, da sah er, dass tatsächlich die Sonne unterging, einfach verschwand über den Rand der Welt. Was war denn das? Da erinnerte er sich, dass er im Himmel etwas von „Zeit" und „Tagen" gehört hatte. Das musste es sein. Ein Tag war vergangen, sein erster Tag in der Schöpfung war nicht mehr. Das war ja ein seltsames Gefühl. Etwas war vergangen, es war nicht mehr da, und nun war es Nacht geworden. Das kannte der kleine Engel ja gar nicht, und auch wenn es neu und interessant war, so spürte er doch, dass er eine Gänsehaut hatte. Und es gruselte ihn ein bisschen, im dunklen Wald, wo es langsam still wurde. Aber als sich seine Augen an die Dunkelheit gewöhnt hatten, da bemerkte er, dass um ihn herum dennoch Leben war: die Pflanzen lebten und es gab ganz viele Tiere, die herumliefen, herumflogen und herumkrochen.

Und als er so zuschaute, da merkte, er, dass diese Tiere gar nicht immer nett zueinander waren. Da gab es welche, die suchten andere, kleinere Tiere und – mein Gott! – gerade hatte dort drüben ein Igel eine Schnecke gefressen und hier eine Eule eine Maus, und was war das? Ein Rudel Wölfe hatte ein Reh erlegt und fraßen es jetzt auf. Und dort drüben, da lag ein Wildschwein, das alt geworden war. Und ganz langsam starb es, an Altersschwäche und Krankheit. Entsetzt drehte sich der kleine Engel im Kreis. Wo immer er auch hinschaute in der Schöpfung, da ging Leben in Tod über und aus dem Tod entstand die Kraft für neues Leben. Nichts war ewig hier unten, nichts war von Bestand. Ihm wurde schwindelig. So viel Veränderung hatte er nicht erwartet. Er setzte sich auf einen Baumstumpf, und versuchte seine Gedanken zu ordnen. Diese Welt war wirklich ganz anders als der Himmel. Und plötzlich sah er auch noch etwas anderes: unter den Wurzeln, in einer Erdhöhle, da gebar eine Maus kleine Babymäuse, und dort oben, in den Zweigen der alten Eiche zerbrach die Schale eines Eies, und ein kleiner Vogel fiepte seinen ersten Ton in die Luft des Waldes. Und aus dem abgebrochenen Baum wuchsen Pilze, und hier drückte sich ein Blatt durch den Boden, und weil Engel ja durch die Zeit sehen können, wusste der kleine Engel dass aus diesem Blatt einmal ein großer, starker Baum werden würde.

Und als er noch da saß, wurde es wieder hell. An der anderen Seite der Welt wurde der Himmel bunt, und die Sonne ging auf, und wärmte seine Flügel, die in der Dunkelheit der Nacht kalt geworden waren.

Vielleicht war das ja die Ewigkeit hier auf Erden, dass auf Nacht Tag folgt, und auf Regen Sonnenschein, und dass dieser Tanz der Sterne und der Elemente nie enden würde. Ein Wachsen und Vergehen, ein Verlöschen und Entstehen. Es war ein perfekt aufeinander abgestimmter Kreislauf des Lebens. Viele Tage und Nächte saß der kleine Engel so da, und beobachtete die Welt um ihn herum: die Tage und Nächte, das Kommen und Gehen, die Jahreszeiten, die in rundem Tanz durch die Jahre rollten. Das war alles so interessant, es gab so viel zu sehen, und nichts blieb, wie es war.

Schließlich entschied er sich, weiterzuziehen, und nach denen zu suchen, mit denen sich Gott so große Mühe gegeben hatte, und von denen er im Himmel ständig redete: diese Menschen. Wenn die Natur schon so toll war, und so perfekt aufeinander abgestimmt, wie viel besser und weiser und schöner und vollkommener mussten da die Menschen sein? Mit dieser Frage und mit ganz vielen Erwartungen flog er in die nächste Stadt, um endlich Menschen zu sehen.

Doch was er dort sah, das konnte er dann gar nicht verstehen. Die Menschen verwirrten ihn. Sie waren so gar nicht besser und weiser und schöner, wie er es eigentlich gedacht hatte.

Sicher, auch sie kamen und gingen, wurden geboren und starben, so wie es der Kreislauf der Natur war. Aber da endete es auch schon.

Die Menschen lebten zwar in der Schöpfung, aber irgendwie schienen sie nicht ganz zu verstehen, dass sie doch Teil dieser Schöpfung waren. Wo auch immer er hinschaute, da sah er, dass die Menschen so gar nicht aufpassten auf die Erde, auf der sie lebten. Sie hinterließen Dreck und Abfall, wo immer sie hingingen. Flüsse und Seen, selbst die Meere waren schmutziger, als sie sein sollten. Die Luft trug üble Gerüche bis in hohe Regionen, und selbst das Wetter war nicht mehr so, wie Gott es einmal gewollt hatte.

Und auch miteinander gingen sie nicht gut um. Natürlich war da auch viel Liebe und Zärtlichkeit, wo immer sich Menschen begegneten. Aber genau so viel war da Streit und Ablehnung und Uneinigkeit. Wenn einer dieser Menschen etwas hatte, dann wollte ein anderer es ihm wegnehmen. Und selbst wenn sie es gar nicht brauchten, dann gönnten sie es doch dem anderen nicht. Ständig ging es nur darum, wer größer, schneller, schöner und besser war. „Konkurrenz" nannten sie das, und „Erfolg im Leben". Und was hatten sie davon? Magengeschwüre und einen Zustand, den sie „Stress" nannten, und der sie aggressiv machte. Und selbst wenn sie nichts auf Erden hatten, über das sie sich streiten konnten, dann stritten sie sich über das, was im Himmel war. Als ob sie davon irgendetwas wüssten! Ihnen war nur wichtig, dass Gott sie mehr lieb haben würde als die anderen. Der kleine Engel wollte ihnen zurufen: Gott liebt Euch doch alle!!! Aber wenn sie sich erst einmal über Gott streiten, dann hören die Menschen auch die Stimmen der Engel nicht mehr. Und so sah der kleine Engel Streit und Hass und Gewalt und Krieg, und die Erde gefiel ihm gar nicht mehr.

Und selbst da wo zwei Menschen einander liebten, einander mit Seele, Geist und Körper lieben, und miteinander durch das Leben gehen wollten, da gab es andere, die diese Liebe nicht ertrugen. Weil diese Menschen nach der Vorstellung der anderen nicht zueinander passen würden. Wie konnten die Menschen ihre eigenen Regeln und Vorurteile für wichtiger halten, als die Liebe in den Herzen zweier Menschen?

Der kleine Engel flog durch die Stadt, und je mehr er sah, desto verwirrter wurde er. Da gab es so viel Unterschiedliches, so viel Verschiedenes. Und manches war gut. Der Engel sah das Licht das dort leuchtete, wo Menschen einander willkommen hießen, wo sie Frieden schafften, wo sie sanftmütig und großzügig waren. Aber er sah auch die dunkeln Wolken, die sich anderswo zusammenballten, um Menschen und Länder und Situationen, und dann weinte er, und dann wünschte er sich, er hätte so eine dicke Haut wie die Menschen, und die Fähigkeit zu heilen. Und er sah Dinge, da konnte er beim besten Willen nicht entscheiden, ob sie nun gut waren oder schlecht. Die Menschen waren einfach super kompliziert.

Schließlich entschloss er sich, dass er genug gesehen hatte. Er hatte Heimweh nach dem Himmel, nach der Ruhe und dem Frieden dort, und nach seinen Engelsgeschwistern. Und so flog er zurück, aus der Schöpfung in den Himmel. Die anderen Engel freuten sich, dass er wieder da war, auch wenn sie ihn etwas seltsam anschauten. Überhaupt sah der Himmel irgendwie anders aus, nun, nachdem er in der Schöpfung gewesen war.

Der Engel flog direkt in den Thronsaal und dort wartete Gott schon auf ihn und freute sich, dass er zurück war. Und der kleine Engel erzählte alles, was er erlebt hatte, von seinem ersten Tag bis hin zu den Menschen, diesen seltsamen Wesen, die Gott so liebte. Gott hörte ihm zu, und alle anderen Engel lauschten gespannt, was er da erzählte, und als er fertig war, da waren alle gespannt, was Gott wohl sagen würde, zu dem, was der Engel da erlebt hatte.

„Ich freue mich so, dass du wieder da bist", sagte Gott. „Du hast hier gefehlt. Immer wenn wir miteinander gesungen haben, habe ich Deine Stimme vermisst. Aber es ist schön, dass du so viel gesehen und gelernt hast. Es ist mir schwer gefallen, dich ziehen zu lassen, aber es ist so schön zu sehen, was aus Dir geworden ist. Oh ja, du hast dich sehr verändert und du bist gewachsen, und das ist für einen Engel etwas ganz besonderes. Und daher habe ich eine große Aufgabe für dich: Wenn du dich hier ausgeruht hast, und alle Engel mit Dir zusammen gesungen haben, dann werde ich dich wieder hinunter schicken auf die Erde. Du hast so viel gelernt, und daher wirst du eine Aufgabe haben und ich gebe Dir die Fähigkeiten und die Kraft dazu.

Ich gebe Dir die Fähigkeit, ein Schutzengel zu sein. Du darfst hin und wieder eingreifen, und die Welt ein bisschen besser machen. Du darfst ab und zu helfen, wenn sonst ganz Schlimmes passieren würde. Für die Menschen und für die ganze Schöpfung. Aber du darfst nicht alles Böse und Schwere und Leidvolle verhindern, auf der Erde, denn sonst wäre die Erde wie der Himmel, vielleicht perfekt, aber eben nicht frei. Vielleicht ungefährlich, aber du würdest dich bald auf der Erde langweilen, so wie du dich im Himmel gelangweilt hast.

Ich gebe Dir die Fähigkeit, ein Trostengel zu sein. Du darfst die Menschen in den Arm nehmen, ihnen Wärme und Trost geben, ihnen sagen, dass auf Trauer auch Freude folgen kann und auf Verlust neue Liebe. Aber du musst wissen, dass du nicht alle Menschen trösten kannst, und manche Deine Umarmung ablehnen werden, auch wenn sie ihnen gut tun würde. Den Menschen habe ich Freiheit gegeben, auch die Freiheit, sich nicht trösten zu lassen.

Ich gebe Dir die Fähigkeit, ein Engel der Veränderung zu sein. Du darfst dich mit den Menschen verändern, darfst Neues lernen und die Dinge besser verstehen. Aber du wirst erfahren, dass nicht alles Neue auch gut ist. Und du wirst sehen, dass „etwas besser verstehen" nicht das gleiche ist wie „weise sein". Und dann wirst du auch aushalten müssen, wenn dir die Veränderung einmal nicht gefällt.

Und ich gebe Dir die Fähigkeit, ein Botenengel zu sein, und ein Engel des Friedens. Du darfst den Menschen immer wieder zurufen: „Fürchtet Euch nicht!" Und du darfst vom Frieden singen und sagen: „Ehre sei Gott in der Höhe und Friede auf Erden, bei den Menschen an denen Gott Wohlgefallen hat." Aber du darfst nicht traurig sein, wenn die Menschen nicht zuhören wollen, sondern Lärm machen, damit sie dich nicht hören können.

Der kleine Engel war sprachlos. Und um ganz ehrlich zu sein, auch ein wenig entsetzt. So viel Verantwortung, so viele Aufgaben. „Lieber Gott", sagte er, „wie soll ich denn das alles tun, ich bin doch nur ein ganz kleiner Engel, schwach und unbedeutend. Ich habe nur kleine Flügel und mein Heiligenschein ist auch nicht immer ganz hell, und überhaupt, ich bin nur klein und schwach."

Da lachte Gott, dieses tiefe Lachen der Freude, des Entstehens und der Kreativität, dieses Lachen aus dem Regenbögen geboren werden und das Strahlen der Sterne. Dieses Lachen der Liebe in das man sich hineinfallen lassen möchte, das in der ganzen Schöpfung gehört wird, und auf das alle Dinge, auch die Stummen und Harten, mit einem Lobgesang antworten. Und er sagte zu dem kleinen Engel: „Schau mich an. Schau mir in die Augen, und du wirst sehen, wie ich dich sehe, wie du wirklich bist, mein kleiner, kleiner Engel."

Und der kleine Engel schaute in die lachenden Augen Gottes, und er sah, zum ersten Mal sein Spiegelbild, und er sah einen großen Engel, stark und schön, mit strahlendem Heiligenschein und großen, kräftigen Schwingen, und starken Händen, die viel tragen können, und breiten Schultern, an die man sich anlehnen kann, und er sah ein Lächeln auf seinem Gesicht. Und er erkannte: Wenn man sich durch die Augen Gottes sieht, dann darf man erkennen, wie groß und wunderbar man selber ist und sein kann.

Und er schlug mit seinen Flügeln, und flog wieder einen Looping, durch den ganzen Thronsaal Gottes hindurch, und flog los, um in der Schöpfung zu sein. Und die anderen Engel, die sangen hüpften und sprangen vor Freude auf und ab, und er wusste: Im Kreislauf des Lebens würde er nie ganz alleine sein.

# Über den Autor

Pfarrer Dr. Axel Schwaigert, Jahrgang 1968, ist der Gründungspfarrer von Salz der Erde MCC Gemeinde Stuttgart. Nach dem Studium in Tübingen (evangelische Theologie) und Philadelphia/USA (interreligiöser Dialog) absolvierte er sein Vikariat in Bournemouth/England bei der dortigen MCC Gemeinde.

Nach seiner Ordination im Jahr 2000 begann er mit dem Gemeindeaufbau in Stuttgart. Seinen „Doctor in ministry" machte er an Episcopal Divinity School in Cambridge/MA/USA. Er ist seit 2006 Mitglied im Theologies Team der MCC und ist Co-Autor des Glaubensbekenntnisses der MCC.

In seinem weltlichen Beruf arbeitet er als Bestatter in Stuttgart. Seine Leidenschaft gilt dem Theater: Er singt, spielt und tanzt regelmäßig auf der Bühne des Kelley Theaters in Stuttgart, dem Theater der US Armee in Stuttgart.